映画ノベライズ

耳をすませば

樹島千草

集英社文庫

映画ノベライズ

耳をすませば

WHISPER OF THE HEART

1

──一九八八年、三月。

街を覆っていた夜の粒が朝日を浴びて、白く光を放つ。

薄い光で織り上げたカーテンに包まれ、世界はどこまでも曖昧だ。家々も木々も、電信柱も街灯も、ぼんやりとした霧の中に沈んでいる。

今日という日が生まれたばかりだからだろうか。

まだちゃんと形になっていない、赤子のような「今日」。

これから鳥が目覚め、人が目覚め、動物が目覚める頃になって、ようやく世界も目を開けるのかもしれない。

「……十年」

たった今聞いた言葉を月島《つきしま》雫《しずく》は繰り返した。

自分の耳で確かに聞いたのに、まるで現実感が伴わない。

十年……十年か。長すぎて、逆に一呼吸の間に過ぎてしまうような気にもなる。

顔を上げれば、穏やかな顔で天沢聖司《あまさわせいじ》が立っていた。彼はいつもそうだ。普段は憎まれ口を叩《たた》いたり、からかってきたりするくせに、何かを決意した時ほど、凪《な》いだ夏の海のような瞳で見つめてくる。

「うん、向こうで勉強して、プロのチェリストになる」

「夢のため……」

「やるからにはそれくらい覚悟しなきゃダメだ。両親は説得した。じいちゃんが味方してくれて」

「時々帰ってくる？」

「来ないつもりで行く。少なくとも、俺の都合では」

そう、としか言えなかった。むしろ聖司らしくて笑ってしまった。

——ああ、もう決めたんだ。

ならば、頷《うなず》くことしかできない。

「聖司くんがイタリア行ってる間、私、もっと勉強して書くから、物語」

「楽しみにしてる。お互い、また会う時まで」

「その時まで、頑張ろうね」

十年後、なんて遠い未来の約束だろう。

自分がどうなっているのかはわからない。朝霧にかすんだこの夜明けのように、乳白色の霧で覆われている。

でもきっとたどり着ける。一歩一歩自分の道を歩いていけば、その先で自分たちはまた出会うだろう。

手を振り合って、駆け寄って。

——きっと、そんな未来が待っている。

●　二十五歳・月島雫　●

——一九九八年、一月。

きんと凍《い》てつく朝だった。

朝霧はまるで氷の粒のように冷え固まり、雫の肌に吸い付いてくる。赤いダッフルコートにチェック柄のマフラー。防寒対策はしっかりしてきたのに、むき出しの頬や耳に冷気が張り付き、ピリピリと痛んだ。

風に当たった肌がひび割れていく。

空気を吸い込んだ喉がしなびていく。

凍土をふんだ足が凍っていく。

このまま凍って凍って凍って凍って、心臓まで氷でできた彫像になってしまいそうだ。

「はぁ……はぁ……」

杉宮《すぎのみや》の高台で雫は荒い呼吸を整えた。

……全く、歳《とし》を取ったものだ。

中学生の時は簡単にたどり着けたのに、十年経《た》った今は酸欠でふらふらになっている。

日頃の運動不足も原因だろう。

朝起きて、会社に行って、残業して、家に帰って……。

毎日、その繰り返しだ。家と会社をつなぐ最短ルートの歩き方だけ、うんざりするほど覚えてしまった。

「はぁ……」

深呼吸して顔を上げた。

葉を落とし、枝だけになった木々の向こうに見慣れた町並みが広がっている。

高台から見える景色は十年前から変わらない。群青色の空に、赤く染まりつつある雲がたなびいている。ポツポツと灯《とも》る街明かりの中、時々車のヘッドライトらしき明かりが動いていた。

――ここに来ると勇気をもらえる。ヘトヘトになってもまた歩き出す気力も湧く。

先ほどまで冷え切っていた指先に少し感覚が戻ってきた気がして、雫は抱えていた封筒を抱え直した。

中に入った紙の束はずっしりと重い。

数ヶ月かけて執筆し、児童文学の新人賞に送った原稿だ。投函《とうかん》してから結果が出るまで、ずっと落ち着かなかった。結果が出る時期になると毎日ふとした時にカレンダーを見つめ、家の電話が鳴るたびにいちいち反応してしまっていた。

——最終選考で残ると電話がくるらしい。

——それ以前に落選した場合は原稿が送り返されてくるらしい。

後者は何度も味わったので経験済みだが、前者は噂《うわさ》で聞いただけだ。毎年の受賞者が「編集部から電話をもらった時、夢かと思って」「受話器に向かって、大きく頭を下げました」とインタビューに答えている記事を読んだだけ。

その時のことを想像してみる。

……きっと電話を受ける前と後で、世界ががらりと変わるに違いない。

色のない世界が一瞬でカラフルに彩られるように。重力に縛られていた背中にいきなり翼《つばさ》が生えるかのように。

ただ、現実とは無情なものだ。

三百ページに届くかという原稿の束はあっけなく送り返され、自分は今日も重い身体《からだ》を持て余しながら、地面を踏みしめている。

「……今、私の、願い事が、叶《かな》うならば……」

頭に浮かんだ歌がそのまま口から流れ出た。

今　私の願い事が叶うならば
翼がほしい
この背中に鳥のように
白い翼つけて下さい

一九七一年に発表されたフォークグループ「赤い鳥」の代表曲『翼をください』だ。曲は大ヒットし、二十七年経った今も学校の合唱曲に取り入れられるなど、日本中で親しまれている。

十年前、雫も歌った。

そして今も歌っている。

(気持ちだって、あの頃と何も変わってない)

夢は叶うはずだ。諦めなければ、きっと。

あの時、約束を交わした人のことも、今も一途に想《おも》っている。

心の中でそう呟《つぶや》き、雫は白々と明けゆく街を眺めた。

●　二十五歳・天沢聖司　●

久しぶりに分厚い雲が切れ、晴れ間がのぞいた。

チェロケースを背負っていた天沢聖司は思わず空を見上げ、口元を淡くほころばせた。

青く澄んだ空は、遠く離れた地にいる大切な人を想い起こさせる。

(あっちも頑張ってるかな)

きっとそのはずだ。十年前と変わらない、キラキラとしたまなざしで。

イタリアの一月は曇天続きだ。急激に冷え込むことも温かくなることもなく、常に六、七度辺りをキープしている。

中でもここ、ローマというのは特別な街だ。石材で建てられた巨大な建造物があちこちにあり、日本の何倍も幅の広い道もある。一軒家はあまり見かけず、その代わりに色鮮やかな外装の集合住宅が建ち並んでいた。

十年前、この街に来た時は何もかもが新鮮だった。全てが真新しく、同時に自分が異邦人であることを強く感じた。

なかなか空気になじめずに悪戦苦闘したことは今でも昨日のことのように思い出せる。

ただ、十年経った今はこの街を自分の居場所だと感じるようにもなっていた。三本先の通り沿いにあるパン屋でパンが焼き上がる時間も、近所でどのレストランが自分の舌に合うかもわかっている。

「チャオ、聖司！」

「チャオ」

小さな赤いポストが設置されたアパートメントを出て、切り花を売る移動花屋の前を通った時、近所に住むイタリア人が気さくに声をかけてきた。もうすっかり顔なじみの彼に聖司も挨拶を返す。

そこにヴィオラケースを片手に持った男性が駆け寄ってきた。

シューマン、とニックネームで呼ばれるアメリカ人だ。彫りの深い顔立ちで、社交的な彼はなにかと聖司を気にかけてくれた。

「チャオ、聖司。昨日も練習したの？」

「まぁね、まだグリークの三楽章があわないから」

シューマンは聖司の作った弦楽器の楽団に所属する仲間の一人だ。

彼を含め、楽団内の会話は英語で行われる。当然だが、この街で日本語を聞くことは滅多にない。そのうち忘れてしまわないかと不安になるほどだ。

（文字のほうは絶対忘れないけど）

それは確信が持てる。家に帰れば、この十年間、やりとりしてきた大切な手紙がたくさんあるのだから。

「もう完璧じゃないの？　聖司の音、この前雑誌でも絶賛されてたじゃないか」

「何言ってんだよ。楽譜を見直して練習すればするほど、新たな発見があるよ」

「これだよ。そういうところがさすがというか、なんというか」

「まだまだ。夢を叶えるためにはもっと頑張らないと」

微笑《ほほえ》み、チェロケースを背負い直す。

二十五歳で心身ともに健康な成人男性だという自負はあるが、それでもケースを含めて十キロ近いチェロはずっしりと重い。肩に食い込む相棒はその重みで聖司に何かを訴えてくるようだ。

——この程度で満足するなよ。

——やらなければならないことは山積みだからな。

(わかってるって)

頑張らなくては、「彼女」に合わせる顔がない。

この同じ空の下、彼女は今も頑張っているのだから。

もう一度空を見上げる。前に進む力をもらった気がして、聖司は力強く歩き出した。

● 二十五歳・月島雫 ●

思い出の詰まった丘から実家に帰る頃、太陽はすっかり昇っていた。舗装されたあぜ道を通り、住宅街に入る。生まれたての朝日がキラキラと家々を照らす中、雫は白い柵の門を開け、一軒家に入った。

「ただいまー」

「あら、お帰りなさい」

長い髪を後ろで一つ結びにした母、朝子《あさこ》が明るく出迎えた。雫が手にしていた封筒にちらりと目を向けたが、それに触れることはない。

「朝ご飯できてるよ」

「やった、ありがとう」

住み慣れた実家はこの日も落ち着く匂いに包まれていた。家を出てから三年経つが、帰ってくるといつも「子供」に戻ってしまう。

リビングでは父の靖也《せいや》が新聞を読んでいた。髪は白くなり、顔にもしわが目立ってきたが、彼はずっと雫の大切な「味方」だ。

「やぁ、頑張ってるか」

「まぁまぁかな」

杉宮中央図書館の司書を務める靖也はもう三十年以上も、決まった時間に食事をし、決まった時間に家を出る。この日もすでに四人がけの大テーブルには朝食が並んでいた。卵焼きや冷《ひ》や奴《やっこ》、サラダにひじきの煮物など。食べ慣れた懐かしい献立に、雫の腹が音を立てた。

「有給休暇取れるなんて、いい会社に入ったよね～」

味噌汁《みそしる》とご飯を雫の前に置き、朝子が言った。雫は肩をすくめて苦笑する。

「まぁね。その分明日はいつもより残業しなきゃいけないけど。……最近、お姉ちゃんは？　会えてないけど、元気？」

「航一《こういち》さんの転勤についていく準備で大変みたいよ」

「そっか……まだ先だと思ってたけど、あっという間だね」

子供の頃から頼れる存在だった姉が結婚すると聞いた時は喜びと共に、少しの寂しさも感じた。結婚当初は近所に住んでいたのでいつでも会えたが、これからはそれも難しくなるだろう。

「雫は今日、どうしたんだ？」

さりげなさを装って、靖也が尋ねた。昨日、朝子に「明日の朝、帰ってもいい？」と聞いた時は詳しい話はしなかった。父としては、内心気になっていたのだろう。

「休みまで取って。まぁ顔を見られたのは嬉《うれ》しいが」

「色々やることがあってさ」

「色々？」

「ほら、夕子《ゆうこ》が結婚で家を出てから、私も新しい家探そうかなって」

「………」

　靖也は形容しがたい表情で黙った。何かを言いかけたが呑《の》み込み、ごまかすように別のことを言おうとしたが、何も思い浮かばなかった……。そんな顔だ。

「夕子ちゃんも結婚か～、早いわねぇ」

　その点、朝子はあっけらかんとしていた。娘の触れてほしい話題も避けてほしい話題もお構いなしで、話したい話題を振ってくる。

「小学生の時からいっつも一緒だったもんねぇ、あんたたち。ご飯の時も今日は夕子がああだった、こうだったってそればっかりで、お母さんまで夕子ちゃん情報に詳しくなったわよ」

「夕子のお母さんも私のこと、何でも知ってたよ。今日は朝ご飯食べ損ねたとか、そんなことまで知ってた時はさすがに夕子に抗議したもん」

「あら、そういうあんただって、今日は夕子ちゃんが辞書忘れたとか、よく言ってたじゃない」

「そんなことあったっけ？」

しらばっくれたのではなく、本当に思い出せなかった。その程度の話は毎日のようにしていたからだ。

原田《はらだ》夕子は雫の幼馴染《おさななじ》みだ。小学校も中学校も、雫はずっと夕子と一緒だった。学校でも放課後でも、夏休みなどの長期休暇でも。

高校と大学は別々のところに進んだが、まさか会社勤めを始めると同時にルームシェアすることになろうとは。

「あの時ソバカスを気にしてた女の子が結婚って聞くと、時間の流れを感じるわ〜。どうりで最近、腰が痛いはずよ」

「またまた〜。お母さん、まだ若いよ」

「ありがと。あんたはどうなの？」

「え？」

「結婚。いい人いないの？」

ズバッと聞かれ、思わず返す言葉を失った。同じことを聞きたくても聞けなかった靖也が派手にむせる音がする。咳《せ》き込む父には気づかなかったフリをして、雫は大きく手を振って笑った。

「わ、わたし、私はまだまだ」

「まぁ、焦ることはないけどね」

深く追求されないことに安堵《あんど》しつつ、雫はそそくさと朝食を終えた。何か言いたげな靖也の視線から逃げ、階段を駆け上がる。

「はぁ……お母さんはほんとにもう」

懐かしい自室に飛び込み、雫は大きく息をついた。

室内は一月の冷気が満ち、凍えるような寒さだった。それでも空気がこもっている感じはしない。床にも窓際の机にも埃《ほこり》一つ落ちていないのは、朝子が定期的に掃除してくれているからだろう。家を出ていった娘がいつ帰ってきてもいいように。

「ありがたいよねぇ」

母の気遣いに感謝しつつ、雫は持っていた封筒から一枚の用紙を取り出した。

『第三十二回日本児童文学新人賞　落選通知
貴方《あなた》の作品は厳正なる選考の結果、残念ながら選外になりました。
一九九八年一月吉日。日本児童文学作家協会』

この一枚の紙切れで、自分の数ヶ月が無意味なものになってしまった。決して大げさではなく、寝る間も惜しんで書いたというのに。

「……仕方ないか」

雫はクローゼットを開け、上段から大きな段ボール箱を取り出した。ずっしりと重い箱をなんとか床に置いて中を見ると、子供の頃からの思い出の品と共に、大量の原稿用紙が収まっている。

全てこの十年、児童文学の新人賞に応募し、一次選考も通ることなく送り返されてきた作品だ。

今回落選した作品、『約束のつばさ』を一番上に。

ふと思いたち、紙の束を手に取ってめくってみる。

『青い月と湖』『天使と銀の心』『星のうらのロレッタ』『ルチアと秘密の街』……。

毎年、様々な出版社や新聞社、町おこしの一環で開催されている児童文学の新人賞をチェックし、締め切りに間に合うように原稿を書く。数百ページ分の作品を書き上げたら、誤字脱字を何度も確認してからポストに投函する。

そして数ヶ月後、丁寧だが簡素な落選通知と共に送り返されてくる作品をこうして箱に詰めるのだ。まるで大切な我が子を墓に埋葬するように。

「あの頃読んでた本は全部、こういうことを乗り越えた人たちが書いてたなんて知らなかったな……」

昔から、雫は児童文学が好きだった。文字の羅列を追うと頭の中に世界が生まれ、主人公と一緒に大冒険に繰り出せた。

当時、それらの本がどうやって世の中に流通しているのかを考えたことはなかった。目の前の本棚にぎっしりと詰まった書物は当たり前のようにそこにあって、「寝付けない魔法使いが夜、魔法で生み出しているのよ」なんて言われても納得してしまったかもしれない。

「……『魔法は科学的なもので、妖精とは違う』か……」

ふと十年も前に聞いたセリフが耳によみがえって、雫は苦笑した。雫にとっては魔法も妖精もわくわくする神秘的なものだが、「彼」にとっては違ったらしい。彼が今、目の前にいたら、魔法は物語を生んだりしない、と言い返してきただろうか。

「……天沢聖司」

段ボール箱に入れていた古い図書カードを目に留める。貸し出しカードとも呼ばれるそれは図書館や学校が所有している本を管理するためのもので、借りた利用者の名前と貸出日、返却日を記すことになっている。

当時通っていた中学の図書室で、雫は数え切れないほどの図書カードに名前を書いた。その中の一つが今、手元にある。最終欄まで埋まって破棄される寸前、司書教諭に頼んで譲ってもらったものだ。

マイク・K・ニコルスという海外作家が書いた児童文学『フェアリーテール』の翻訳

本。図書カードの五月十四日には天沢聖司の名が、八月十九日には雫の名前が記されている。

天、沢、聖、司。

この名前を一体何度見ただろう。最初は全く気づかなかったのに、ふとした時に意識した。

今考えても、あの頃の感覚は不思議で仕方ない。

ただの名前なのに気になって、気になって。

意識が全部引き寄せられた――。

2

●　中学生・月島雫　●

――すごいことに気づいてしまった。

白いTシャツと真っ赤なハーフパンツというラフな格好で自室にいた雫は、たった今判明した事実に呆然《ぼうぜん》とした。

せっかくの夏休みだというのに、最近は雨続きだ。台風のような激しさはなく、しとしとと細かい雨が絶えず街に降っている。

ピチャン、ピチョ……パチャ……。

霧のような雨粒が窓枠に溜《た》まり、ゆっくりと落ちる音をカーテン越しに聞きながら、ちょうど本を読み終えたところだった。杉宮中央図書館から借りてきた、大好きな児童文学が三冊。

その三冊の図書カードを机に並べてみる。

——『炎の戦い』『とかげ森のルウ〔5〕』『ウサギ号の冒険』。

三枚とも全て、雫の名前より先に、とある男子生徒の名前が書かれている。

「天沢聖司……どんな人なんだろう」

ベッドに寝転び、雫は枕元に置いてあるくまのぬいぐるみを引き寄せた。

こんなことはきっと、よくあることだろう。雫以上の読書家なんてこの世に山ほどいる。それが同じ学校の生徒だったとしても、何も不思議なことはない。だが……、

「私の読みたい本、全部先に借りてる」

それは「天沢聖司」も雫と同じように、児童文学が好きだということだ。

わくわくする気持ち、ハラハラする気持ち、主人公と一緒に夢中で大冒険に出る気持

ち。

今まで、それらを誰かと共有できたことはない。母の朝子や親友の夕子はあまり本を読まないし、図書館の司書をしている父の靖也とは本の趣味が違った。

天沢聖司となら話ができるかもしれない。一緒に本の感想を語り合えるかもしれない。だって児童文学が好きなら、きっと素敵な人だ。

純粋で、優しくて、落ち着いていて、雫の話を聞いてくれるだろう。

（ドキドキする）

透明な水たまりにピチャン……と水滴が落ち、いくつもの波紋を描いたような感覚がした。胸の中で水の音が反響し、ゆっくりと身体中に広がっていく。

翌日、ようやく晴れた。

外に出ると、真っ青な快晴が広がっていた。水たまりが夏風で蒸発しているのか、地面から熱気が立ちのぼり、呼吸をするたびに熱い風が身体の中を駆け巡っていくようだ。

半袖シャツにデニム生地のジャンパースカートを合わせ、雫は右手に持っていた布バッグを抱え直した。

平たい麦わら帽子越しに空を見上げれば、シュワシュワと蟬《せみ》の大合唱が天から降り注いでくる。その中を、巨大な飛行船が悠々と飛んでいた。

「すごい」

低空飛行していたため、飛行船で太陽が隠れた。その瞬間、辺りが薄暗くなり、ふっと気温が下がった気がする。

ゆっくりと飛ぶ飛行船はまるでクジラのようだ。大海原《おおうなばら》に飽き、快晴の空を泳ぐことにした「空のクジラ」。きっとその背には主人公が乗っている。これから大冒険が始まるのだ。

「今日は最っ高！」

飛行船を目で追い、思わず満面の笑みがこぼれた。自然と足取りが軽くなると、つられてスカートの裾が跳ね、膝小僧をサラサラとくすぐる。

向い原中学校に着く頃、雫は汗だくになっていた。

「あっ、雫だ。やっほー！」

テニスコートの方で、雫に気づいた友人が手を振ってくる。

「頑張ってねー！」

大きく手を振り返し、雫は校舎に入った。人気《ひとけ》のない廊下は薄暗く、空気がひんやりしている。辺りは静まりかえり、グラウンドで部活動に励んでいる生徒たちの声が遠く聞こえた。

夏休み特有の空気感だ。どこか特別で、少し物寂しさも感じる。

雫は駆け足で保健室に向かい、勢いよくドアを開けた。さあっと涼しい風が流れてくる。明るい室内に、雫は思わずホッと息をついた。

「高坂《こうさか》先生！」

「あれっ、月島じゃん。どうしたの？」

白衣を着た養護教諭の高坂が振り返る。黒髪を三つ編みにし、眼鏡をかけた三十代の女性だ。誰がいつ訪ねてきても気さくに迎えてくれる高坂は生徒たちの人気者だった。

夏休み中ではあるが、高坂ならきっと登校していると思ったのだ。読みが当たり、雫は高坂に駆け寄った。

「先生、お願い聞いてくれます〜？」

「なになに、変なことじゃないだろね」

「えへへ〜」

ジトッとした目で見つめてくる高坂の背中を押し、保健室から連れ出す。そのまま同じ校舎内の図書室へ移動した。

学校図書館、とプレートのかかった部屋に人気はない。明かりが絞られているため薄暗く、窓の向こうから部活中の野球部員の声だけがかすかに聞こえた。蒸し暑さに辟易《へきえき》した様子の高坂をカウンターに残し、雫は急いで本棚に足を向けた。

「なるほど、本の貸し出しか」

「そうそう、先生か図書委員じゃないと手続きしてもらえないでしょ?」

「次の図書室開放日まで待てないの?」

「だって、みんな読んじゃったんですもん」

中央図書館に行くことも考えたが、今日はちょうど学校に来る予定があった。この機会を無駄にはできない。

棚を見て、「目当ての本」を探す。確かあったはずだ、この辺りに。いつかこれを借りたいな、と目をつけていた本が。

「月島はほんとに本が大好きだね。ほれ、早く持っといで」

「すみませ~ん、お願いします!」

やっと見つけた一冊を棚から引き出し、高坂の元に持っていく。抱えるほど大きなハードカバーの児童文学だ。差し出した本から図書カードを引き出し、高坂が目を丸くした。

「うひゃ~、この本、全然人気ないね。入荷してから一人しか借りてないじゃん」

「貴重な本なんですよ。県立図書館にもないんだから」

「『フェアリーテール』か。タイトルはド直球だね。ファンタジー?」

「そ。海外の翻訳物なんです。この前雑誌でおすすめのファンタジー小説特集をやってて、すごく気になってて……うわあ」

高坂から差し出された図書カードに自分の名前を記そうとしたところで、雫は思わず息を呑んだ。

――天沢聖司。

図書カードにその名前がある。

高坂が言った通り、雫の前に借りているのは彼だけだ。それだけでなぜか「天沢聖司」から直接本を受け渡されたような、不思議な感覚を覚えた。

「先生、この天沢って人、知ってます？」

図書カードを見つめながら、高坂に尋ねる。

雫の声の変化には気づかなかったのか、高坂はあっさりと頷いた。

「ああ、天沢ねえ。一言で言うと、変人かな」

「変人？」

どういう意味なのか、聞き返そうとした時だった。

「雫ーっ！」

勢いよく図書室の扉が開き、水色チェックのノースリーブワンピースを着た少女が飛び込んできた。セミロングの髪を左右で三つ編みにし、麦わら帽子をかぶっている。

「十一時に昇降口って約束でしょ！　十五分も太陽の下にいさせて、ソバカス増えちゃうじゃないっ」

「ご、ごめん、夕子」

「教室行ってもいないしさ。まさか図書室とか？　でもあたしと約束してるし違うかなー、でも一応見に行ってみよっかーって来てみたら、大当たりって！　しかものんびりお喋《しゃべ》りしてるとかっ」

「ごめんって。待ち合わせまで時間あったから、ちょっと」

「時間っ、十五分っ、過ぎてるっ」

普段は大人しい夕子がここまで怒るのはよほどのことだ。彼女が声を荒らげるのは気心の知れた相手の前だけだとわかっているので、雫としては平謝りするしかない。

ペコペコと頭を下げていると、そばで見ていた高坂がぷっと吹き出した。

「コラコラ、騒ぐな原田」

「笑い事じゃないです。大体センセーが雫を甘やかすから」

「はいはい、大体気にしすぎなんだよ、ソバカス。いいじゃん、かわいくて。歳取ってできるシミとは違って、もうちょっとしたら綺麗《きれい》になくなるよ」

「で、でも気にします」

「肌が白い証拠だよ。いいじゃん色白。月島はほら、書いて書いて」

「はい！」

夕子を軽くあしらう高坂に従い、雫は急いで図書カードに名前を書いた。「先生、あたし、真剣に悩んでるんですよ、ソバカス」「ああ、もう、わかったよ」とそばでやりとりしている二人の会話を聞きながら。

（ソバカスかぁ）

全然いいのにな、と横目でちらりと夕子を見ながら考えた。

高坂の言う通り、夕子は肌が透き通るように白く、腕も首もすらりと細い。図書館に通い、本ばかり読んでいるにもかかわらず、年中健康的に日焼けしている自分とは大違いだ。特に太っているわけではないが、腕も足も夕子に比べるとがっしりしている。元々骨が太いのかもしれない。

ただそれらをあまり気にしたことはない。夕子はかわいいな、と思うがそれだけだ。いいところが山ほどあるのに、ソバカス一つで悩んでいる夕子が少し不思議だった。

「実はさぁ、ラブレターもらっちゃって」

図書室を追い出され、学校の敷地内に置かれたベンチで夕子がぽつりと言った。

ベンチのすぐ手前には舗装された道があり、陸上部が走り込みを行っている。その先に作られたグラウンドでは野球部が部活の真っ最中だった。威勢のいいかけ声や顧問の指示、バットがボールをとらえる音などが雫たちの方まで聞こえてくる。

何の気なしにグラウンドの方を見ていた雫は、夕子の爆弾発言にぎょっとした。

「ら、ラブレター⁉」

「ちょ、声が大きいっ」

「え、え、え、誰? 誰から?」

「……一組の山崎《やまざき》くん」

「うそー、剣道部の」

あまり話したことはないが、真面目に部活に打ち込んでいた記憶がある。

「どうすんの、夕子」

「どうするって……」

「付き合うの?」

尋ねてみたが、夕子の反応はいまいちはっきりしなかった。困った顔でうつむきながら言葉を探している。

「えっと……あ、雫、好きな人いる?」

「え……っ。うーん、好きとかじゃないけど、気になってる人は」

四文字の漢字が脳裏をよぎった。まだ自分でもこの気持ちが何なのかわからない。そもそも「天沢聖司」の名前に気づいたのも昨日のことだ。

気になる様子の夕子に対して笑ってごまかし、雫は話題をそらした。

「夕子はいるの？　好きな人」

「えっ、あたし……あたしは」

問い返すと、夕子はあからさまに動揺した。膝の上で指を何度も組み替えたり、あちこちを見回したり、と落ち着きがない。

……と、彼女の視線がグラウンドの方で留まった。

その瞬間、スウッと夕子の目が透き通ったように見えた。

蟬の声や野球部の威勢のいい声が遠ざかり、夕子の横顔から目が離せなくなる。

綺麗だ、と不意に思った。いつも一緒にいる友人が内側から光っているみたい。

「いるんだねぇ」

「えっ、あ……」

ハッと我に返った夕子は一瞬で雫のよく知る「夕子」の顔に戻っていた。真っ赤になり、あたふたとうろたえている。

「誰なの？　白状しちゃえ」

「え、あ……す……す、す……」

「す？」

「月島ぁーっ！」

「ひゃっ」

その時、いきなり第三者の声が割り込んできた。ベンチの上で飛び上がって驚いている夕子に首をひねりつつ、雫は声のした方に顔を向けた。

グラウンドから白球が転がってくる。それを追いかけて、少年が一人、こちらに小走りで駆けてきた。

よく言えば意志の強そうな……悪く言えば、生意気そうな鋭い目。

雫の悪友、杉村竜也《すぎむらたつや》だ。

「ごめーん、月島。ボール取って」

「杉村？」

「それそれ、そこのボールだよ、早く早く」

走りながら、やいやい指示を出してくる杉村にイラッとする。こっちは今、それどころではないというのに。

「何よー、万年補欠」

「最後の大会はレギュラーになってやるよ！」

「ふん、どうだか」

悪態をつきつつ、足下に転がってきた白球を取り上げた。見よう見まねで大きく振りかぶり、

「杉村、行くよーっ。おりゃーっ！」

「おっ、サンキュウ！」

暴投だったにもかかわらず、難なくキャッチした杉村がこちらに手を振ってくる。ひらひらと手を振り返し、「さあ、邪魔者も去ったし話の続きを……」と思ったところで、雫はきょとんとした。なぜか夕子は立ち上がり、脱兎《だっと》のごとく校舎の方へ走っていってしまった。

「ちょ、ちょっと夕子⁉」

雫は慌てて後を追った。

校舎裏でようやく夕子に追いつく。木々や建物の陰に隠れ、グラウンドはもう見えない。かすかに杉村たちの声だけが熱い風に乗り、聞こえてくる。

夕子はうつむき、泣きそうな顔で息をついていた。急に走り出した自分に戸惑い、うろたえているようだ。

さすがに雫もピンときた。

「杉村だったのかぁ、夕子が好きな人って」

「うん……、知られちゃったかもしれない。あたし、あんな突然」

「だーいじょうぶだって、あいつ、鈍感だから！」

断言すると、夕子は少しホッとしたように笑顔になった。

二人で並んで正門の方へ向かう。

「お似合いだと思うよ、二人」

「えっ……ほ、ほんと？」

「うん、杉村、馬鹿だし口悪いし単純だし、夕子みたいにしっかりした人が隣にいたら、すごくいいと思う！」

「ありがとう。……でも」

「だってあいつさぁ……あっ」

話を続けようとしたところで、ハッと思い出した。慌てて夕子の後を追いかけたため、ベンチに本を置いてきてしまった。せっかく今夜読もうと思って、図書室で借りてきたのに。

「本忘れた。取ってくるから、先行ってて」

「うん、いってらっしゃい」

夕子に頷き、雫は再びグラウンドに戻った。

二人でいる時は気にならなかったが、一人になると熱風と蟬の声がグッと身近に感じられた。雲も木々もベンチも、何もかもがくっきりして見えるのは昨日まで降り続いていた雨が上がったからだろうか。大気中のちりがすっかり洗い流され、天から太陽の光がまっすぐ降り注いでくる。

野球部のかけ声を聞きながら、先ほどまで座っていたベンチに向かった時だった。

「え」

いつの間に来たのか、誰かがベンチに座っていた。

細身で、すらりと背が高い男子生徒だ。白い半袖シャツとグレーのズボン。顔立ちはあどけないが大人びていて、小学校から進学したばかりには見えない。おそらく雫と同じ三年生だろう。

(どうしよ、私の本)

少年は雫の置き忘れた本を読んでいた。丁寧にページをめくり、何かもの思いにふけるように目を細め……一瞬ふっと微笑んだ。

「……っ」

その柔らかいまなざしに、雫は思わずドキリとした。優しい微笑みだ。何かとても大切なものを見ているような……。

「何?」

突然、少年がパッと顔を上げた。先ほどの微笑は何だったかと思うほど、きつくにらまれる。

基本的に雫は物怖《ものお》じしないし、はっきりとした性格だ。それでも見ず知らずの男子生徒に初対面でにらまれれば緊張するし、萎縮する。

雫はおずおずと少年の手元を指さした。

「そ、その本」

「あぁ、これ、あんたのか」

少年は本を手にしたまま近づいてきた。

(背、たか……)

正面に立たれると、よくわからない威圧感を覚える。ひるむ雫には気づかない様子で、少年はぽんと本を手渡してきた。

「えっ、なんで名前……。あ、図書カードか」

「ほらよ、月島雫」

「中三でさ、妖精でもねぇよな」

「……は?」

すれ違いざまに冷笑され、雫は唖然《あぜん》とした。

今、自分は馬鹿にされたのだろうか。中三にもなって『フェアリーテール』を読んでいる幼稚な子供だと呆《あき》れられ、笑われたのだろうか。

浴びせられた暴言をどう解釈していいかわからずに硬直した雫に、少年はダメ押しとばかりに言葉を重ねた。

「その物語って、人間に恋をした妖精が最後に夢を諦めちゃうんだ」

「なっ⁉　なんで言うのよ！　私、まだ読んでないのに……っ」

「さぁ？」

ふっと面白そうに笑い、少年は去っていった。

雫にとって読書の楽しみは「主人公と一緒に冒険すること」だ。主人公と一緒に未知の大冒険に繰り出し、思いもよらない試練や楽しい出来事を共有する。ページをめくるたびにハラハラドキドキし、時に胸を痛め、心から主人公を応援し、その物語に入り込むのだ。

そんな体験がしたくて本を読んでいるのに、まさか最大の楽しみを奪われるとは。やっと見つけた特別な本だったのに……。

「なんであいつ、内容を……ま、まさか」

恐る恐る本の背表紙を開き、図書カードを引き抜いた。

入荷してから今に至るまで、この本を借りたのは二人だけだ。

雫と……天沢聖司。

「あいつが、天沢……」

……お願い、誰か、嘘《うそ》だと言って。

雫の中で膨らんでいた天沢聖司像がガラガラと音を立てて崩れていく。きっと雫と同じように読書が好きで、児童文学が好きで、優しい人だと思っていた。物静かで、雫の話を静かに聞いてくれて、一緒に物語の世界を共有してくれるような、理想的な男の子。

(違った)

天沢聖司は全然、そんな人ではなかった。

自分が先に読んだ本のエンディングを、これから読む人に話してしまう男。

妖精の物語が好きな人を馬鹿にして笑う男。

「やなヤツ」

雫は歯嚙《はが》みし、地団駄を踏んだ。

その場に留《とど》まっているのも腹立たしく、大股で立ち去る。夕子が待っているのだ。彼女に追いつくまでには、この怒りを静めないと。

「やなヤツ、やなヤツ、やなヤツ、やなヤツ!」

だがいくら口にしても、一向に気持ちが収まらない。

……がっかりだ。気になっていた天沢聖司があんな男だったことも、あんな男のことを気にしていた自分自身にも。

「やなヤツ!」

くわっと嚙みつくようににらみあげた空はよく晴れていて、さらに雫を煽《あお》り立てた。

3

●中学生・月島雫●

カタタン、カタタン、と軽やかな振動が全身を包む。

雫の家から杉宮中央図書館までは各駅停車で数駅だ。平日の昼間ということもあり、乗客はまばらで、座席の大半は空いていた。

直射日光が降り注ぐホームと違い、電車内はほどよく空調が効いている。ビルや木々のそばを通るたび、さあっと電車内が暗くなり、すぐにまた光で満ちた。穏やかな揺れと適度な気温、のどかな空気が重なり合って、とろとろと眠気に誘われる。身体が内側から溶けて軽くなるような感覚。このままとろみに身を任せれば、きっと心地いいだろう。

その誘惑にあらがえず、こくりと船を漕《こ》ぎかけた時だった。

「……え」

視界の隅にフワフワした固まりがよぎった気がして、雫はハッとした。

ずんぐりとした茶トラの猫が悠々と電車に乗ってくる。

(誰が連れてるんだろ)

気になって辺りを見回したが、猫と同じ駅から乗ってくる客はいない。他の乗客は皆、眠っていたり本を読んでいたりして、猫の存在に気づいていないようだった。

(まさか私にしか見えていない、なんてことないよね?)

茶トラの猫は雫に目もくれず、トンッと隣に飛び乗った。ロングシートから身を伸ばし、窓の外を眺めている。

「猫くん、ひとり?」

雫はそっと尋ねてみた。

ちゃんと聞こえているだろうに、猫はスウッと目を細めたきり、雫の方を見もしない。

(むむっ、かわいくない)

だが気になってたまらない。

「どこまで行くの?」

「…………」

「ねぇ、何見てるの?」

「…………」

「外って面白い？」

尋ねた瞬間、不意に猫が振り返った。

パチッと目が合い、思わず心臓が跳ねる。

（今、返事してくれた？）

その時、電車が次の駅に到着した。ちょうど正面に来た駅名標には「すぎのみや」と書かれている。

一度も降りたことのない駅だ。家と杉宮中央図書館の間にあり、毎週と言っていいほど通過しているのに。

猫はまるで車掌のアナウンスを理解しているかのように、電車のドアが開いた瞬間、外に出た。そのまま、まっすぐ改札の方へ歩いていく。

「……よーし」

図書館に行くつもりだったが、今はこちらのほうが気になる。雫は意を決し、杉宮駅に降りた。

改札を出ると、落ち着いた広場が広がっていた。家から数駅しか離れていないのに、不思議と新鮮な空気を感じる。

初めて訪れる街特有の空気感だ。少しそわそわするが、その緊張感の中に、わくわくする気持ちも混ざっている。

「あれ、どこに行ったのかな。おーい、猫くん」

少し目を離した隙に猫を見失ってしまった。

キョロキョロと辺りを見回すと、自転車置き場の陰から先ほどの猫が顔を出す。雫に応えたわけではなさそうだ。こちらには目もくれず、猫はどこかに向かって歩いていく。

「待って！」

雫は夢中で猫を追いかけた。

目の前の路地がどこに続いているのかはわからない。この先にどんな店があるのかも知らない。そんな場所を今、猫だけを頼りにして歩こうとしている。

それが無性にわくわくした。

今から大冒険が始まるかのようだ。猫の案内に従い、神秘の扉を開ける主人公なんて、物語の導入として最高だ。

(どこに行くんだろう)

――「ひとり」で電車に乗って、この街で降りて。

駅から遠ざかり、路地をいくつか曲がり、いつの間にか雫は小道を歩いていた。両側の雑木林が枝葉を伸ばし、アーチを作っている。濃厚な植物と土の匂いに太陽の香りが混ざり、心が洗われるようだ。

猫を追いかけながら夢中でアーチをくぐったところで雫はハッと息を呑んだ。

うっそうとした林の中に、一軒の洋館が建っている。白く塗られた外観に、両開きの扉。扉の上には「地球屋」と看板がかかっていた。

神秘的な建物に引き寄せられ、雫は建物に入った。

ステンドグラスのはまった扉から差し込む明かりが、床に色とりどりの光を落としている。

年代物のビスクドールに帆船模型。スズラン型のかわいらしいランプに琉球《りゅうきゅう》ガラスのグラス。白い箱をいくつも重ねたような棚の中には、一つ一つの物語が再現されている。ドレス姿の人形が立っている部屋に、ミシンが置かれた洋裁室。スーツ姿の人形がいる部屋など。

どれも磨かれ、あちこちに置かれた燭台《しょくだい》やライトの下でキラキラと輝いている。

（なんて素敵なお店……）

雫は夢見心地で、ふらふらと店内を歩いた。店の奥に、レースのカーテンで仕切られた応接室のようなスペースがある。壁際に柱時計があり、その正面に丸テーブルが置かれていた。テーブルの上にはティーセットと、ドライフラワーを飾った花かご。そして一体の人形が立っていた。

「猫の……人形？」

「うわぁ……」

耳をピンと立てた、茶トラの猫だ。黒いタキシードを着ていて、シルクハットを持った片手を背中に回し、もう片方の手でステッキをついている。大きな瞳の人形と目が合った気がして、雫はドキリとした。

「まさかそんなことあるわけない、けど……さっきの猫じゃないわよね？」

ジッと人形を見ていると、不意に胸が震えた。

穏やかな目をした猫の人形から目が離せない。うまく言えないが、色々な気持ちがあふれてくる。懐かしさと愛《いと》おしさ。ずっと探し求めていた人に会えたような……。

「いらっしゃい」

「えっ……!?」

猫の人形が喋った気がして、雫は大きく息を呑んだ。

だがすぐ間違いに気づく。店の奥から白髪のおじいさんが近づいてきた。しゃれたニット帽をかぶり、白いベストと茶色の半袖シャツを合わせている。

「いらっしゃい、何かお探しですか？」

「あっ、え、えっと、その」

「色々ありますからね。ゆっくり見ていって下さいね」

「あのっ……、この猫、さっきまで生きてたんです！」

「うん？」

「電車に乗ってて、わた、私、案内されて、あ、勝手についてきただけなんですけど、そしたらいらっしゃいって、その」

身振り手振りを交えて説明したが、話せば話すほどわけがわからなくなる。それでも口が止まらない自分自身に、雫は困惑した。

誰かにわかってもらいたい、というのが一番近いかもしれない。

今日、雫の身に起きたとっておきの奇跡を。

誰も体験したことのない「特別」な体験を。

「この子に、私……」

「彼が連れてきてくれましたか」

おじいさんは狼狽《ろうばい》する雫を不審に思うことなく、そっと猫の人形を手に取った。無機物に対する手つきではない。長年一緒にいた友人に触れるように、おじいさんは優しく人形を持って微笑んだ。

「この猫ね、バロンって言うんですよ」

「バロン？」

「ええ、『男爵』のバロンです。おめかしして気取っているでしょう？」

バロン、と口の中で小さく呟いてみる。

おじいさんの言う通り、その名前は猫の人形にぴったりだった。聞いた瞬間、それ以外の名前なんて想像できなくなるほどに。

数日後、雫は午前中のうちに杉宮中央図書館へやってきた。夏休みだからか、館内には子供も多い。休み中の宿題に手をつけている人もいれば、お気に入りの本を探している人もいた。

今日の雫は後者だ。そして図書館内で一番熱心な利用者だという自負がある。図書館では毎月、新作入荷の「お知らせ」が掲示板に貼られる。そこに待ち望んでいたタイトルが記載されていることを雫は見逃さなかった。

「あった！」

分厚いハードカバーの本を見つけて、手に取る。『バビロンの庭』と飾り文字で書かれた本を裏返し、裏表紙裏の図書カードを確認した。

カードは白紙だ。誰の名前も書かれていない。

「ふっふっふ、勝ったぞ、天沢聖司」

ここにはいない少年に勝利宣言を一つ。

この本を「ヤツ」はまだ読んでいない。どんなに雫に嫌がらせをしようとしても、エンディングを暴露するような真似《まね》はできないのだ。

にんまりと笑い、雫は早足でカウンターに向かった。

滞りなく貸し出し手続きを終え、一息ついたが、

（今すぐ読みたい……）

じわっとその欲求が胸に広がった。

家でゆっくり読みたい気持ちはあるが、これから電車に乗って帰る道のりのことを考えると気が遠くなりそうだ。

ずっと読みたかったのだ。一章だけでも、今読んでしまいたい。

その誘惑にあらがえず、雫は図書館内の読書スペースに向かった。ちょうど空いていた窓際の一席に腰を下ろし、雫はすぐさまページを開く。

最初の一行目からガツンとインパクトのあるような作品ではない。列車がゆっくりと加速するように、物語は雫を乗せ、少しずつ作品の世界へ連れていく。

重厚なファンタジー小説ほどその傾向が強い。やや押さえた文体がその先の大冒険を想像させ、読者の心を惹《ひ》きつける。

ゆっくり、ゆっくりとページをめくっていた時だった。

カタン、と斜め前で小さく音がした。誰かが座ったのだ。

一度没頭してしまえば、雫は周囲の音や視線に気づかない。今日はその領域にたどり着く前だったために気づいたのだろう。

特にうるさかったわけではないが、何気なく顔を上げ……雫は思わずぎょっとした。

「あーっ」

「うわっ」

雫と全く同じタイミングで、斜め前の少年も声を上げた。

天沢聖司だ。手にしている本のタイトルは『魔法の森』。次に、雫が読みたいと思っていた本を持っている。

先に借りられた悔しさはあれど、それよりも初対面の時、彼から浴びせられた暴言を思い出した。

──中三でさ、妖精でもねぇよな。

夏休みの「あの日」彼は確かにそう言ったのだ。

「見たわよ〜」

「なんだよ」

聖司がさりげなく隠そうとした本をビシッと指さす。

「……『魔法の森』！　そっちだってファンタジー、読んでるじゃない。妖精は悪くても魔法使いはいいってわけね？」

「わかってないな。魔法はもっと科学的なものだよ。妖精とは違います」

「違いません。魔法使いがいるなら、妖精もいたっていいでしょ」

「それはいません」

「いますーっ」

「うるさいな」

「何よ、素直じゃない。本当は好きなくせに、妖精」

「ばっ……ばか、好きなわけじゃないよ」

「じゃあなんで『炎の戦い』も『とかげ森のルウ』も『ウサギ号の冒険』も『フェアリーテール』も読んでるんですかぁ？」

　雫がそう言った時の聖司の顔は見物だった。

　まさか雫が図書カードから聖司の名前に気づいているとは思わなかったのだろう。驚きからの狼狽。そして困惑。

　カァッとわずかに頬を赤らめた聖司に、雫は思わず吹き出した。

●　二十五歳・月島雫　●

「……ふ」

　不意によみがえった記憶があまりにも鮮明で、杉宮中央図書館にいた雫は思わず微笑んだ。もう十年も経つのに、あの時の思い出は色あせない。

（いけ好かないと思っていた相手だったのに、あんな顔、見ちゃったらねえ）

忘れようとしても忘れられない。

当時と同じ場所にいることも、昔を思い出した一因かもしれない。今でもこの図書館は雫の大好きな場所の一つだ。

「図書館司書さま〜」

人気《ひとけ》のない一角で脚立に乗り、本の整理をしている後ろ姿を見つけ、雫は小声で声をかけた。ワイシャツの上から青いエプロンを身につけた靖也が振り返る。

「あれ、雫」

「おべんと忘れたでしょ、お父さん」

今朝、出勤した靖也を送り出した後、朝子が「あら」と声を上げたのだ。靖也が鞄《かばん》に入れ忘れた弁当の包みがキッチンに置かれている。

ちょうどこの日、雫は引っ越しの物件探しのため、有給休暇を取っていた。どうせ出歩く予定なのだから、と雫は父の昼食時に合わせ、弁当を届けに来たのだった。

「お母さんの力作なんだから、食べ損ねたらもったいないよ。……っていうか、ごめん、遅くなっちゃって」

「いやいや悪かったね」

「いいの、ちょうど寄ろうと思ってたから」

「相変わらずだな。お昼どうだ？　一緒に」

「あ、食べる！」

雫は父と連れだって、図書館の敷地内にある食堂へ向かった。

子供の頃も父はよく食堂に連れていってくれた。家で食べる料理や学校の給食とはまた違う。大好きな本が収められた場所で食べる料理は当時の雫にとって、レストランの食事に近い「特別感」を味わえるものだった。

「雫はまたそれか」

食券を買い、カウンターできつねうどんを受け取った雫を見て、靖也が笑った。弁当を広げている彼の前の席に座り、雫は両手を合わせて食べ始める。

「昔から好きなんだもん。ちょっと甘めで、それがうどんとよく合ってて……あれ？」

「どうした？」

「なんか昔とはちょっと……。ねぇ、ここのうどん、味が変わった？」

「ああ、作る人が変わったからかな」

少し考え、靖也が言った。母の作る弁当を食べている彼にはわからなかったのだろう。

……別にまずくなったわけではない。

ただ予想していた味と違っただけだ。汁は塩気がきつく、ざらついた余韻が舌に残る。最後まで食べると、かなり喉が渇きそうだ。

「昔のほうがおいしかったなぁ。ダシが利いてて」

自分の好みの話だが、それが無性に物足りなく思えた。調理人が変わったのであれば、もう昔の味には戻らないだろう。あの時雫が食べて、大好きだったうどんはもう味わうことができないのだ。

「もっとたくさん食べておけばよかった」

「はは……。なあ、雫。まだ自分で書いてるのか？」

「ん？」

「物語」

何気ない様子を装いながら靖也が尋ねた。

適当にはぐらかそうと思ったが、結局雫は素直に頷いた。

「ん。……まぁ、全然ダメだけど。この前送ったやつ、落選通知が届いちゃって」

「そうか」

「中学生の頃は、物語って書きたい人が書いて、それが全部世に出てると思ってたよ。本はそれくらいたくさんあったし、読んでも読んでもなくならなかったから」

「ああ……、そうかもしれないな」

「その数十……ううん、数百、数千倍の物語は本になる前にどこかに消えちゃってたんだね。そういうことを知る年齢になったってことだよ」

「雫の会社の本、結構うちにも入ってきてるぞ」

「ほんと？　うち、ちっちゃいのにねえ」

そこで一度話題が途切れた。

なんとなく気詰まりな空気を感じ、雫はうどんをすることに専念した。熱心に食べている風を装えば、会話が途切れてもおかしくはない。

「雫、仕事、大変か」

雫より先に食事を終えた靖也が静かに言った。窓の外を見ながら、雑談のように。

どう言えばいいか迷った結果、何も言えずにいる雫に、父はなおも続けた。

「うちからでも通えるだろ」

「え」

「会社。別に一人暮らしするための新しい家を探さなくても」

「…………」

「いつでも帰っておいで」

優しい靖也の言葉に、うっかり何かがこみ上げそうになった。今日、突然家に帰ってきた娘のことを父は本当に気にしてくれていたのだ。明るく笑い飛ばしてくれる母も、こうして不器用ながら言葉を紡いでくれる父も、本当に雫を大切に想ってくれている。

「ありがとう」

せめて彼らに胸を張って報告できることがあればいいが、今のところ何もない。

濃い味付けの食べ慣れないうどんをすすりながら、雫は喉の渇きを覚えた。


冷たい北風が吹き、雫は思わず身震いした。せっかく杉宮中央図書館の食堂で温かいうどんを食べたのに、一瞬で身体が冷えてしまった。

杉宮駅で降りた雫はマフラーをしっかり首に巻き、先を急いだ。空が曇っているせいか、風まで灰色をしているようだ。

「こんにちは」

雑木林のアーチをくぐり、木々に囲まれた建物を目指す。葉を落とした木々は寒々しく、まるで氷でできているようだ。そんな中にぽつんと建っている洋館は「冬の女王」が住んでいる氷の城のようにも見えた。

「バロン、久しぶり」

地球屋に入り、今日も特等席にいる猫の人形に声をかける。

ここに来るのは久しぶりだ。仕事と児童文学の執筆に追われ、余裕がなくなっていた。

「会いたかったよ」

「雫さん、お久しぶり」

ひょっこりと店の奥からおじいさんが顔を出した。彼は十年前からほとんど変わっていない。雫がいつ来ても、彼は穏やかに出迎えてくれる。

「お元気ですか？」

「はい。また来ちゃいました」

「いつでも大歓迎ですよ」

店の奥にある応接スペースに雫を通し、おじいさんは紅茶を入れた。陶器のポットとカップ、シュガーポットは全て統一感のあるシリーズものだ。凍てつくような寒さの中、ふわっと湯気が立つ紅茶の熱が雫の身体を温めてくれる。

「最近は忙しかったのですね。体調を崩していませんか？」

「大丈夫です。ちょっとバタバタしちゃってて」

「物語を書かれているのでしたね」

この十年間で、おじいさんには色々なことを話していた。応援してもらった記憶しかないからこそ、こうしたことを話すのはつらい。

「実は、またダメで」

喉の真ん中に何かが詰まったような気分だ。声が出しづらいような……息がうまく吸えないような。

「そうでしたか……残念でしたね」

「簡単に通らないってわかってはいるんですけどね。やっぱり結果が出ると、こう……」

「素敵ですよ」

ぽつりとおじいさんに言われ、雫は首をかしげた。顔を上げると、おじいさんがいつもと変わらない顔で微笑んでいる。

「雫さんは自分の夢をちゃんと育て続けてる。気分が乗らない日もあるでしょう。なかなか続きが思いつかない日も。……遊びたい日も、眠ってしまいたい日も普通にあるはずだ。それでもこうしてずっと書き続けるなんて、並大抵の思いじゃできません」

「もう十年ですけどね、物語を書き始めて。それだけ長い間やってて、全然芽が出ないんだから笑っちゃいます」

「まだ十年、ですよ」

ははは、と軽やかに言い返され、雫はぎこちなく微笑んだ。彼が励ましてくれているのはわかる。いつもは安心できるその言葉にすら焦ってしまう自分が情けないだけだ。

「そうですね！　聖司くんはイタリアで夢を叶えて頑張ってるのに」

「聖司と連絡を取っているのでしたね」

「手紙で近況を教えてくれます。たまに電話も。……ローマで、プロとして演奏するようになったって」

「雫さん……」

「私も、負けてられないです」

おじいさんは聖司の祖父だ。聖司がプロのチェリストになりたいと言った時、全面的に賛成して味方してくれたと聞いている。

十年前、猫に導かれて地球屋に来た時はここが聖司とつながりのある場所だなんて知らなかった。その偶然ですら、何かに導かれているようで、以前は運命に似た何かを感じたものだ。

時が過ぎ、最近、聖司から届く手紙はいつも何かしらの変化がある。

——先週、客の前で演奏会をした。

——先日、カルテットを組んだ。

——来週、とある家に招かれて、演奏することになった。

——今度、アルバムを出すことになりそうだ。

聖司は着実に夢を叶えている。きっと寝る間も惜しんで練習し、足が棒になるまで動き回って努力し続けているのだろう。

彼の近況報告を受けるたび、やる気が湧く。自分も頑張っているつもりだが、まだまだ足りないと思い知らされる。

聖司はちゃんと結果を出しているのだ。自分も一度や二度の……十度や二十度の失敗は気にせず、頑張らなければ。

「……音」

「音？」

小さく呟いた言葉をおじいさんは聞き逃さなかった。

曖昧に笑い、席を立つ。ひっそりと佇《たたず》んでいる猫の人形、バロンを手に取り、雫はそっとその頬を撫《な》でた。

「昔の私はバロンを見ると、眩《まぶ》しい音が聞こえてたんですよ。なんか、心の奥で忘れそうな音が」

「ほお」

「キラキラしてて、澄んでて、でも後で思い出そうとしても、どんな音なのかわからなくて……」

「それって雫さんの心の音ですかね？」

「う～ん、どうなんですかね。自分でもよくわからなくて。……幻だったのかなぁ」

今、バロンを見ても、何の音もしなかった。相変わらず素敵な人形だと思うが、十年前に何度も聞こえた音は少しもしない。

当時ですら原因不明だったのだ。記憶が曖昧になっている今、ますますアレは気のせいだったような気がしてくる。

……また聞きたい。

ここに来れば、あの音が聞こえる気がしていたのに。

ため息をついた雫に、おじいさんが穏やかに言った。

「幻なんかじゃないんじゃありませんか？」

「幻じゃない？」

「雫さんはちゃんとその音を聞いている。また聞きたいと思っている。……だから今、こうしてここに来てるんじゃないですか」

「確かに」

少なくとも自分ではその音が聞こえたと思っている。

それだけは確かなのだ。

ただ、今は聞こえないだけで。

4

● 二十五歳・月島雫 ●

マンションには煌々《こうこう》と明かりが灯っていた。

乾いた北風の中、足早に帰ってきた雫はホッと息をつく。

「ただいま」

「おかえりー」

リビングに入ると、夕子がのんびりと迎えた。薄手のニットカーディガンに小花柄のフレアスカート。髪は緩くパーマをかけて背中に流している。中学の時、彼女が散々悩んでいたソバカスは高校生になる頃には綺麗に消えていた。

ルームシェアも三年になれば、お互いのペースも摑《つか》めてくる。元々小学生の頃からあらゆる時間を共有していたため、この三年間は大きく揉《も》めることもなかった。

いつも通りの笑顔に安堵しつつ、雫はテーブルの上が散らかっていることに気がついた。

「何やってるの？」

「部屋で荷物の整理してたら懐かしくなっちゃってさ」

「ああ……」

もうすぐ、このルームシェアは解消だ。この日、物件探しのために有休を取った雫のように、夕子も引っ越しの準備をしていたのだろう。

テーブルには薄いノートやアルバムが置かれている。夕子が笑いながら、一冊のノートを雫に見せた。

「見て～、雫と小学校の時からやってた交換日記」

「うわ～、やめて、恥ずかしい！」

コートやマフラーはリビングのソファーに置き、雫は夕子の隣に座った。二人で交換日記をのぞき込むと、下手くそながら元気いっぱいな文字やイラストがノートの中で躍っている。

「この頃、『タッチ』が流行《はや》ってたよね。イラストが描いてある」

不朽の名作と名高い野球漫画だ。天才と謳《うた》われ、温厚で学校中の人気者でもある弟の和也《かずや》と、その突然の死。彼の遺志を継ぎ、マウンドに立つ選択をした双子の兄、達也《たつや》。

彼ら二人を見守る幼馴染みの美少女、南《みなみ》の青春物語は当時、老若男女全ての読者を虜《とりこ》にし、絶大な人気を誇っていた。

当然、雫や夕子も夢中になった。児童文学ばかり読んでいた雫にとって高校野球の漫画は新鮮で、毎週発売される雑誌を楽しみにしていたものだ。

「懐かしいよね。あたしが和也派、雫が達也派でさ。どっちのほうがかっこいいかで、喧嘩《けんか》っぽくなった時もあって」

「あったあった。交換日記の中でも、熱く語り合ったよね」

「あははっ、『文章であたしが雫に勝てるわけない！』ってあたし、かんしゃく起こしたよね。だってほら、これ見てよ。あたしなんて『カッちゃんはかっこいいからいい。真面目だし、練習熱心だし頭もいいし』みたいなことしか書けてないのに、雫は達也がいかに魅力的なのか、短所と長所を書きながらも、その短所すら魅力的に見えるように書いててさ。これ読んだらあたしも『あ、タッちゃんもいいかも……』って思っちゃって、それがまた悔しくて」

「ふふふ、そういえば夕子は南ちゃんに憧れて、新体操部に入ったもんね」

「半年も持たなかったけどね～」

今となっては懐かしい記憶だ。夕子とは学校でも一緒にいて、放課後も一緒に遊んだ。その上、交換日記までしていたなんて、どれだけ話すことがあったのだろう。

どのページを見ても、他愛《たわい》のない話しかしていない。その日あったささやかな事件のことを思い返したり、夕食で好きなメニューが出たと喜んだり、テレビ番組の感想を書いたり……。

だが、こんな何気ないことがものすごく楽しかった。

小学校時代も中学校時代も、思い出の中にはずっと夕子がいた。雫は夕子とずっと一緒に成長してきたのだ。

この先もずっと一緒だと無邪気に信じていたわけではないけれど……それでもあと数年は一緒にいられると漠然と思っていたのだが。

「こんばんは～」

その時、誰かがリビングに入ってきた。

杉村竜也だ。雫も了承し、彼には合鍵を渡していた。

中学時代は気の強さが目立つヤンチャな少年だった彼も十年経ち、ずいぶん落ち着いた。グレーのコートに平たい黒鞄。ハッと目を引く野性味のあるまなざしはそのままに、彼は立派な「企業戦士」に成長した。

「おっ、『竜也』登場！」

軽く手を上げる雫に、杉村も茶目っ気のある顔で同じように手を上げた。

「おっ、なんか楽しそうだね～」

「夕子が達也派になりかけたって話」

「違う違う。同じ『タツヤ』でも全然違うから」

慌てたように否定する夕子に、雫は思わず吹き出した。今更照れる間柄でもないだろうに。

「何？　何のこと」

杉村だけがきょとんとしている。詳しく説明しようとした雫を遮り、夕子が顔を赤らめて杉村をにらんだ。

「気にしなくていいのよ、うちのタッちゃんは」

「ああ、まぁ、お前がそう言うなら……。あっ、これ、『愛してる』のアイス」

夕子の目を見て、気取った顔を作りながら杉村が保冷バッグを差し出した。顔を赤らめるかと思いきや、夕子は冷めた目で杉村を一瞥《いちべつ》し、ふいっと顔を背けた。

「気持ち悪っ」

「ハハ、照れちゃっても〜、うちの夕子は。……月島、それ何？」

笑いながら杉村がテーブルの上に目を留めた。交換日記に手を伸ばされそうになり、雫は慌ててそれを死守する。

「杉村はダメだよ！」

「え〜、いいじゃん」

「こら！」

嫌がる雫をかばうように、夕子が杉村の手を軽く叩く。いたい、いたい、と大げさに悲鳴を上げる杉村を見て、雫は苦笑した。息がぴったりというか、漫才みたいというか。

「もう、イチャイチャはよそでやってよ」

「そんなんじゃないから！　……それで、今日はどうしたの？」

夕子に尋ねられ、杉村は持っていた鞄から分厚い冊子を取り出しながら、夕子の隣に座った。

「このタキシードのことなんだけどさー」

結婚式のプランを決めるためのカタログだ。招待客が座るテーブルの大きさや、テーブルクロスの色や素材、高砂《たかさご》の飾り付けから、添える花に至るまで、ありとあらゆるものが掲載されている。

新郎新婦はその中から一つ一つ、自分たちの理想を実現するための要素を選んでいくらしい。数ヶ月前、図鑑のような分厚いカタログを最初に見せてもらった時、雫はその大変さに卒倒しそうになった。

「タキシードって……こないだ決めたでしょ？」

「そうなんだけどさ。やっぱり俺、薄グレーのタキシードのほうがいいと思うんだよね」

「……まぁ、確かにタッちゃんにはそっちのほうが似合いそうだけど」

「だろ？　こっちのほうが夕子のドレスとも合うと思うんだよ。並んだ時、しっくりくるっていうかさ。次にプランナーのところに行った時、言ってみねぇ？」

「いいよ。試着させてもらえるかも聞いてみよう」

「……ふふ」

目の前でテンポよく交わされる会話に、思わず笑ってしまった。それに気づいた夕子と杉村が同時に振り返る。

「雫、どうかした？」

「ううん、なんか急に胸がいっぱいになっちゃって。ほんとに二人が結婚するなんてね」

「あ……あ～」

「すごいね」

あまりにも予想外……とは言わない。中学時代から、そうなってくれたらいいな、とは思っていた。夕子も杉村も大切な友人だったから。

●　中学生・月島雫　●

目の下にべっとりとクマを張り付かせた親友を前に、雫は内心大いに慌てた。

「どうしたのよ、夕子！」

夏休みも明け、九月になった。

まだまだ日中はむわっとした暑さが街を覆っているが、朝晩は比較的過ごしやすい。

そんな朝早く、夕子が家に来た時は驚いた。しかももうすぐ通学する時間だというのに、彼女は私服だ。普段はきちんと髪を三つ編みにしているが、今日は結ばず、背中に流している。

「相談したくて……。昨日の放課後……」

「何かあったの？」

前日、読み終わった本の続きを借りたくて、雫は放課後、大急ぎで図書室に向かっていた。雫を見送り、一人で帰ろうとした夕子はそこで杉村に呼び止められたのだと言う。

「ちょっといいか、って……。杉村が」

「う、うん、それで？」

「夏休みにあたし、ラブレターもらったって言ったでしょ」

「剣道部で一組の山崎くん」

「そう。でも返事できてなくて。……それ、山崎くんが杉村に相談したみたいで」

「まさか」

こくりと夕子が頷いた。

「杉村から『原田さ、山崎からラブレターもらったろ？　山崎が、返事ほしいって』って言われて」

「あちゃ〜……」

「あたし、どうしていいかわからなくて。『なんで杉村がそんなこと言うのよっ！』って思いっきり怒鳴って、帰ってきちゃった……」

「あああ……」

その光景を想像し、雫は片手で顔を覆った。

好きな相手に、別の男性から渡されたラブレターの返事を催促されるなんて最悪だ。少しも嫉妬してもらえなかった、と嫌でもわかってしまうから。

「それはきつかったね。でも杉村だって、夕子の気持ちを知ってるわけじゃないし」

「わかってる。わかってるけど……」

つらい、と夕子は消え入りそうな声で呟いた。その目から新たな涙がぽろぽろとあふれる。

それでも彼女はしばらく泣いた後、気丈な笑みを見せたのだった。

「とりあえず杉村には謝る。突然怒鳴られて、びっくりしただろうし」

「それがいいね」

「……うん、でも今日は学校休むね。こんな顔じゃ行けないもの」

とぼとぼと肩を落として去っていく夕子を見送り、雫はハラハラした。何かしてあげたいが、どうすればいいかはわからない。なんと言っても、雫に「この手」の経験がなさすぎるせいだ。

ひたすら夕子が気がかりなまま学校へ向かい、授業を受ける。普段なら夕子と一緒にいて、高速で過ぎる時間がずいぶん長く感じられた。

そしてようやく放課後になった頃、雫は杉村に呼び止められた。

「俺、なんか悪いこと言ったかな」

授業中、ずっと気になっていたのだろう。

雫を学校近くの神社の境内に連れていき、杉村は困惑しつつ尋ねた。

「考えたんだけど、全然わかんなくてさ。山崎、夏休みが終わってもずっと気になってたらしくて、俺としては力になってやれたらって、それくらいの気持ちだったんだけど。……でも昨日、話してたら、原田が急に泣き出して」

さて、どうしたものかと雫は悩んだ。適当にごまかすことはできるだろう。杉村は野球一筋の野球バカだ。「たまたま機嫌が悪かったのよ」とか「昨日観《み》たドラマが悲しくて、それを引きずっていたのよ」とはぐらかせば、彼は納得してしまうだろう。

でもそれが嘘であることは雫自身がよく知っている。夕子がどれだけ杉村を好きなのか、も。

「ねぇ杉村。夕子は『あんたがどうしてそんなこと言うのよ⁉』って言ったんでしょ」

「なんだ、原田から聞いたのか？　そうだよ」

「それってつまり、『あんたにそんなこと言われたくない』ってことよね」

「そう、かぁ？」

いまいちピンときていない様子の杉村にやきもきする。

「それがどういう意味かわかるでしょ！」

「うーん……わからない！」

「もうっ、本当に鈍《にぶ》いわねーっ。夕子はね、あんたのことが好きなのよっ」

とっさに声を荒らげてから、しまったと焦った。こんなことまで言うつもりはなかったのだ。ただ、あまりにも杉村が鈍いので、イラッとしてしまって。

(だって夕子、あんなに泣いてたのに)

杉村のことでいつもいつも一喜一憂しているのに。

当の杉村がろくに考えもせず、「わからない！」ではあんまりだ。

キッとにらみつける雫に対し、杉村は最初ぽかんとしていた。やがて言葉の意味が理解できたのか、困惑したような表情になる。

喜んでいる様子はない。杉村にとって、これは全く予想していなかったことなのだ。

「俺、そんな……そんなこと言われても困るよ。だって俺」

顔を背け、グッと眉間にしわを寄せて杉村は拳を握った。

（…………？）

ふと境内の空気が変わった気がして、雫は違和感を覚えた。

……なんだろう、とても落ち着かない空気だ。あまり楽しい気分ではない。どちらかというと、今すぐ逃げ出してしまいたい。

だがそんな雫の困惑には気づかない様子で、杉村は意を決したように顔を上げた。

「俺……俺、お前のことが好きなんだ！」

「……っ‼　や、やだ杉村。こんな時に冗談……」

「冗談じゃないよ！　お前のことが好きなんだ」

「…………」

ぐにゃりと足下が奇妙に波打った気がした。地面が急にぶよぶよとした粘土の固まりになったようで、言い知れない不快感が這《は》い上がってくる。変だ、と自分でもわかっていた。

「だ、ダメだよ。杉村は大切な友人なのに。私は、そんな……」

「好きな奴《やつ》いるのか？」

「い、いない。でも……ごめん！」

とっさに逃げるように駆け出した。

だがすかさず手首を摑まれる。杉村の手のひらは驚くほど熱い。

「月島……」

「わ、私だって杉村のことは好きだよ。でもそういう『好き』じゃなくて……ごめん、うまく言えない……けど」

懸命に自分の心の奥を探す。だが、この感情を正確に言い表せる言葉が見つからない。普段、むさぼるように物語を読んでいるのに。

「だって杉村とは……ずっと友達だったから。……これからも」

「……っ」

グッと一度、杉村が手に力を込めた。

一瞬引き寄せられるのかと思ったが、すぐに杉村の手が止まる。そしてゆっくりと、彼の手から力が抜けた。

するりと雫の手首から手を離し、杉村がうつむく。

「ずっとか」

「ずっと……」

「……そうか」

それだけだった。さらに雫に何かを要求することも、雫を責めることもせず、杉村は黙って去って行った。

一言もなく去っていく背中を見つめていると、ズキズキと胸が痛んだ。

これは罪悪感だ。大切な友人を今、自分が傷つけたのだという……。

ただ申し訳なく思う一方、ならば彼の想いを受け止められたのかと問われると、絶対に無理だとわかってしまう。

今まで、雫の中に「好き」は一種類しかなかった。両親に対する「好き」も友人に対する「好き」も似ていて、そばにいると安らぎ、安心できる感情だった。

だが、杉村からぶつけられた「好き」は明らかに違った。熱くて、荒々しくて、雫が怖くなってしまうほど真剣で。

（あんな感情は、知らない……）

知らないはずだ。自分はまだ。

一瞬、誰かの顔が脳裏をよぎった。

だがそれはきちんとした姿を取る前に、心のどこかに溶けて消えた。

●　二十五歳・月島雫　●

（懐かしいな）

雫は十年前のことを思い出し、淡く微笑んだ。残暑が厳しいあの日からもう十年が経ち、今は冬だ。それでもこうして、夕子とも杉村とも一緒に同じ時間を過ごしてこられた。

あの日、胸に覚えた罪悪感はもうどこにも存在しない。目の前の二人が消してくれた。夕子たちはこれから先、どんな時も二人で歩んでいくのだ。十年前からずっと杉村を想い続けている夕子と、少し時間をかけて彼女の想いを受け止めた杉村で。

「月島はどうすんだよ」

リビングで透明な器に盛り付けたアイスを食べながら杉村が尋ねた。真冬にアイスはどうなんだ、と思うものの、暖房の効いた室内で食べる冷菓は夏場とはまた違う特別感がある。

「どうするって何が？」

「天沢と結婚しないの？」

「ごほっ」

杉村の爆弾発言を受け、雫は思わず咳き込んだ。自分たちの結婚準備で頭がいっぱいかと思いきや、こちらのことまで気にするとは。

「け、結婚って……」

「もう、タッちゃんってば！　……ごめんね、雫。デリカシーなくて」

「うん、全然」

「でも十年、純愛貫いてんだからさ」

杉村はまだ不満そうだ。自分のことでもないのに、雫以上にやきもきしているように見える。

「そろそろいいよなって話にならねぇの？　月島からだと言い出しにくいのかもしれねえけど、そこは天沢からさぁ」

「タッちゃんはずいぶん寄り道したからね～」

「お、俺のことはいいんだよ、夕子。それにわかんねえぞ。天沢だって、今頃イタリア美人とさ」

「そんな人じゃありません！」

思わず雫が言い返したと同時に、夕子は夕子で杉村の頭を後ろから叩いた。心なしか、普段の三割増しで威力があったような気がする。

「そうだよ、天沢くんはタッちゃんとは違うの」

「そうかな～、ちゃんと確かめたほうがいいんじゃねぇの」

思わせぶりに杉村が肩をすくめる。

ひねくれてはいるが、これは彼なりの優しさなのだろう。十年前に単身、イタリアに渡った聖司と、地元に残った雫。手紙のやりとりだけで互いを励まし合い、十年もの月日を過ごしている二人に対して、発破をかけようとしているのだ。

その気遣いはわかるものの、いざどうするのかと聞かれると雫は困ってしまう。

……離れていても気持ちは同じだと思っている。

聖司が雫に黙って、イタリアで親密な女性を作るはずがない。作らないと思っているのではなく、もしそういうことになっていたら、はっきり告げてくれるはずだと信じている。

聖司は何も言ってこない。手紙の内容もチェリストとして頑張っている自分のことばかりだ。ただそれは、彼の私生活を雫は把握できていないのと同じことで……。

軽口だったはずの杉村の言葉がやけに長く、雫の胸の中で響いた。

● 二十五歳・天沢聖司 ●

……ふと、雫の声が聞こえた気がした。

その一瞬で音が乱れる。聖司は我に返り、一息ついた。

時計を見ると、昼の十二時近くになっている。いつの間にか三時間以上経っていたようだ。

借りているスタジオ内を見回すと、仲間たちがすがるような目でこちらを見ていた。

「頼む聖司、休憩しよう、休憩」と彼らの目が訴えている。

それに気づかなかったフリをし、聖司はバイオリン奏者に向けて、楽譜を見せた。

「バッハ、譜面にアジタートって書いてあるだろ。もっと激しく、苛立《いらだ》ちの感情を込めて！」

「ええ〜、十分激しく弾いてるよ」

天然パーマの黒髪を長く伸ばし、口の周りにひげを生やした男性が唇を尖《とが》らせた。バッハというのはあだ名だ。強面《こわもて》だが、気が優しく、美的センスに優れている。フリルのついた白いシャツを着て、バッハは子供のように眉を「八」の字型にした。

「今のはただのピアニッシモだ。吹けば飛ぶくらい軽かったぞ」

「そうかなぁ？　……うう、おなか空《す》いた」

言いながら、携帯していたチョコレートバーをこっそりかじっている。それは見逃し、聖司は彼の隣に座っていたヴィオラ奏者に指示を出した。

「シューマンはサラの音をもっと聞いて。勝手に走るな」

「オッケ〜、気をつけるよ」

「サラはスタッカートをもっとはっきり。音の粒を立たせて」

「わかった。やってみる」

バッハと同じバイオリニストのサラはにこやかに頷いた。

栗色《くりいろ》の髪を長く伸ばし、彫りの深い顔立ちをした美女だ。艶のあるブラウスに、スリットの入った大胆なロングスカートを合わせている。

彼女は聖司が何度やり直しを要求しても、嫌な顔一つしない。いつでも穏やかに、聖司のやりたいことに合わせてくれる。

「みんな、譜面を見直して。十分休憩したら、最初からいくよ」

集中力を取り戻すため、聖司は一度席を立った。その背後でひそひそとシューマンとバッハが話している声が聞こえる。

「相変わらず完璧主義だね～」

「聖司は譜面に忠実な人だから。僕としては、もっとその日の気分でいいと思うんだけど……」

「アレが聖司なんだから仕方ないよ。さすが日本人」

彼らの口調に嘲笑の響きはない。

ただ動物園で珍獣を見るような感じはあった。

故郷を飛び出してから十年。もう血も肉もこの国の食べ物でできているのに、ことあるごとに「日本人だから」と言われてしまう。

それは決して嫌なことばかりではない。几帳面《きちようめん》さや生真面目さ、練習熱心な性格が自分をここまで育ててくれた。礼儀正しく人と接し、約束を守り続けたことで任せてもらえた仕事も多い。

それでもルーツに言及されるたび、最近は胸の中で何かがうごめくような感覚を覚えることがあった。シューマンたちへの怒りではない。自分がどこの誰なのかを思い出すたび、生まれ育った街の風を思い出す。

穏やかな日差しと、柔らかい空気。そこで一緒に時間を重ねた、大切な人の存在を。

故郷を懐かしむような、心許《こころもと》ないような曖昧な気持ちを持て余し、聖司はそっと目を閉じた。

膨れ上がる気持ちに蓋をする。

まだまだこの地でやらなければならないことが残っている。

いつかまた胸を張って、大切な人と会うためにも。

5

●　二十五歳・月島雫　●

星見《ほしみ》出版は地元の小さな出版社だ。

それでもいくつかの編集部を持ち、編集者たちは日夜忙しく働いている。

どのデスクにも山のように資料や紙原稿が積み上げられ、絶妙なバランスで均衡を保っている。

「ふ～」

児童書編集部のデスクにて、数百枚の原稿を前に、雫は大きく息を吐いた。数日前に送られてきた担当作家、園村《そのむら》真琴《まこと》の次回作だ。『トントンの大旅行』は彼の持ち味を活《い》かした、夢と希望あふれるファンタジーになっていた。

牧歌的な村で平凡な日常を送っていたトントンはある日ふと、旅に出ようと思いたつ。村の住人は誰もがそこで生まれ、暮らし、ゆっくり老いるのが当たり前で、旅に出たいなんて考えない。

当然トントンは変人扱いされるが、本人は一向に気にしない。旅に必要なものが何なのかもわからない中で、これはきっと水中の王国に行く時に役立つはずだ、これは炎の毛皮をまとったカイブツと友達になる時に必要なはずだ、と想像力を働かせながら持ち物を決めていく。

そしていざ出発の日を迎え、家族や友人に見送られながら意気揚々と村を後にし……そこで物語が終わるのだ。

タイトルに書かれていたような「大旅行」をトントンはしない。その代わり、想像の中で、めくるめく大冒険が繰り広げられる。

その語り口は鮮やかで、園村真琴の真骨頂とも言えた。

「やっぱり面白い」

雫は三年前、星見出版に入社してからずっと園村の担当編集者だ。

児童書編集部に配属が決まってわくわくし、さらに園村の担当に決まって喜んだ気持ちは今でもはっきりと思い出せる。

(他の出版社で揉めたことがあるって噂を聞いたけど、全然そんなことないし。いつも穏やかだし、締め切りも遅れないし、連絡はちゃんとくれるし)

おまけに書くものも面白いのだから、不満なんてあるはずがない。読んだばかりの原稿を手元に置きつつ、電話で伝える前に自身で要点をまとめようとした時だった。

「月島、ちょっと」

編集部部長、堀内隆志《ほりうちたかし》が自席で煙草《たばこ》をふかしながら雫を呼んだ。薄いグレーのスーツに同色のネクタイ。短髪で丸眼鏡をかけた四十五歳だ。左手にギラリと光る腕時計をはめていて、威圧感がある。

堀内は数年前、大手出版社を辞めて星見出版に入社してきた。古巣では作家を導き、いくつものヒット作を世に生み出してきたそうで、態度にも声にも自信がみなぎっている。

数日前、雫は父から「うちの図書館でも星見出版の絵本を多く購入するようになった」と言われたが、そのほとんどは堀内の功績だ。彼が入社してから、存在感のなかった児童書編集部が社内でも注目される部署になったと聞く。

「は、はい、今行きます！」

飛び上がるようにして立ち上がり、雫は駆け足で部長席に向かった。普段は赤色などのはっきりした色の衣服を好む雫だが、会社に行く時はそうはいかない。紺色のジャケットに茶色のスカートを合わせている。

後輩編集者で今年の四月に入社したばかりの高木洋輔《たかぎようすけ》と、入社十二年目のベテラン編集者津田《つだ》みどりがそろって視線を交わし合う。彼らに目線だけで返事をし、雫は恐る恐る堀内の前に立った。

「園村先生の原稿読んだよ」

席に座ったまま、堀内は分厚い原稿の束を雫に渡した。反射的に受け取り、ちらりと中を見た瞬間、雫は「うっ」と声を上げそうになった。

真っ赤だ。

読みやすいが容赦ない言い回しで、至るところに赤字のコメントが書かれている。

――展開が地味で、キャラの魅力が伝わらない
――このシーン不要。全カット
――ここでなぜこんな行動をする？　意味不明
一つ一つの言葉がまるでナイフのように、雫の胸に突き刺さる。

堀内に悪気はないのだろうが、言葉に温かみがないのだ。自分の考えが全てで、「作家の考えを知りたい」「作家の意図を読者に伝えるためには、こういう描き方をするといい」といった歩み寄りや提案が全くない。

「原稿、直し入れといたから」

「……はい」

「ま、全然ダメだね」

堀内は突き放すようにため息をついた。

「大体、子供相手だからってフワフワしすぎなんだよ、話が。これ、主人公があれこれ考えてるだけで、行動してないだろ」

「はぁ……」

「行動が伴わないから、読者に訴えかけるものがないわけ。もうちょっと現実味を持ったエピソードを入れるとかさ。手に汗握るバトルとか、キャラ同士のぶつかり合いとか、読者が感情移入できる話にしないと」

「そうですかね……」

——それを言うなら、自分はものすごく感情移入したけれど。

そう感じた気持ちが声に乗ってしまったのだろう。あからさまなほど、平坦《へいたん》な声が出てしまった。

途端に堀内が苛立たしげにデスクを拳で叩いた。

「そうなんだよ！　お前も園村先生も情熱が足りないんだ、情熱が！　もっと真剣に物語と向き合えよ。大事なのは愛だろ、愛！」

堀内は「時と場所をわきまえて声を潜める」ということをしない。

小さな編集部なので、彼の怒声がフロア中に響き渡った。デスクで怒鳴る彼を見て、津田と高木の緊張した気配が雫にも伝わってくる。

「また出た。ＣＭの受け売り」

ベテラン編集者の津田は辛辣だ。

今、テレビでよく見るＣＭのことだ。様々なシチュエーションで空回りする男性ががっくりと肩を落としつつ「愛だろ、愛っ」と呟き、瓶入りのカクテルをぐいっとあおる……。

これに限らず、堀内は流行に敏感で、世間で流行っているテレビドラマやCM、流行歌こそ正義だと思っている節があった。

「相変わらず熱いですね。なんか少年誌と勘違いしてるんじゃないですか？」

高木がひそひそとささやき返す。

「わかりやすく派手な展開もいいですけど、児童書はもっと優しくて、読んだ人が元気になる感じでもいいと思うんですけど……」

「部長、少年誌出身だから」

「少年ガンプでしたっけ。あそこを辞めて、うちに来るのはすごいですよね。実際、部長が来てから、うちの部の売り上げ、ぐいぐい伸びてるらしいですし」

「販売部にも強く言ってるみたいよー？　書店に並べるだけじゃなくて、広告ももっと打て、もっと打てって！　流行は勝手に生まれるものじゃない、俺たちが作り出すものだ！　だってさ」

「それは正しいかもしれないですけど……」

堀内の強引さに、高木は困惑気味だ。

今年入社した彼は要領がよく、教えたことは何でも素直に吸収する。その一方で、情熱やがむしゃらさを押しつけられてもピンとこないようで、雫に心配そうな視線を向けていた。

「この作品からは愛も友情も、何も感じられないんだよ。大体お前さ、有休取ってる場合か？」

話題が急に飛び、雫はびくりと身をすくませた。

「すみません」

「すみませんじゃないんだよ。足りないものばっかりなんだから、もっと努力しないと！　もっと市場をリサーチして、頭使って考えろ！　俺たちが熱意を持って取り組まないと、読者に伝わるわけないだろ！」

「はい、すみません」

「そうやってすぐ謝るのも、適当にやり過ごそうとしてるのが見え見えなんだよ。言いたいことあるなら、何か一つでもヒットさせてから言ってみろ！　そもそもお前は……はぁ、もういいよ」

大きくため息をつき、堀内は野良犬を追い払うように片手を振った。

ようやく解放され、雫は深々と頭を下げてから自席に戻る。

真っ赤な文字が刻みつけられた原稿がずっしりと重い。それを机上に置いたところで、ドッと疲れが襲ってきた。倒れ込むようにして椅子に座ると、隣席の高木が慰めるように声をかけてきた。

「またやられちゃいましたね、月島先輩。……それはそうと有休って消化しちゃダメなんですかね？」

「そうみたいだねぇ」

「いやぁ、僕、まだ一回も使ったことないんですけど、さすがにそろそろ一日くらいは休みたいなぁ、なんて……」

「いいのよ全然。有休使って、やりたいことやんないと」

斜め前の席から津田が会話に加わった。高木はホッと息をつく。

「ですよね！　それじゃ早速来週にでも……」

「会社を辞める覚悟でね」

「マジですか⁉　そんな〜」

天を仰いで嘆く高木を笑う気にはなれない。津田も冗談めかして言っていたが、その言葉は本心だろう。少なくとも編集部を堀内がまとめている今、有給休暇を取るということはそれだけ「重い」。慶弔休暇すらクビを覚悟しなければ取れないかもしれない。

しかもこの後、雫はさらに憂鬱な仕事をしなければならないのだ。

このまま家に帰ってしまいたい気持ちを押し殺し、雫はのろのろと外出の準備を整えた。


古風な喫茶店は昼間ということもあり、落ち着いた空気に包まれていた。

カウンター席と、テーブル席が数個。それで店内はいっぱいになってしまうほどこぢんまりとしている。窓にはステンドグラスがはまり、天井にはカラフルな覆いをつけたライトが設置されていた。奥の席で一人、読書中の男性がいる以外、客は雫たちだけだ。

……早く帰りたい。

そんな気持ちを奮い立たせ、雫は机の上に目を落とした。

「……ということで、編集部の意見としては、そのような感じで直しをお願いできればと」

「そうですか」

正面の席に座っていた男性が静かに呟いた。天然パーマで目元の柔らかい、温厚そうな男性だ。確か年齢は三十七歳と聞いたことがある。雫より一回りも上だが、とてもそうは見えない。

（ファッションセンスはすごいけど……）

ビビッドカラーを複雑に組み合わせた模様のセーターを前にしていると、少し目が痛くなってくる。雫はさりげなく園村から視線を外し、奥の壁をぼんやりと見つめた。

つい一時間ほど前、打ち合わせのため雫は園村と喫茶店で落ち合った。

雫の言葉に耳を傾けている間も、赤ペンで修正指示がびっしり入った原稿を見ている今も、園村の様子に変化はない。冷静に、淡々と原稿を確認している。

逆に、雫のほうが緊張で手に汗がにじんだ。ぐい、とホットコーヒーを飲んで喉を湿らせたところで、園村が言った。

「これですと、ほとんど書き直しになりますね」

「はい、ええと……すみません。よろしくお願いします」

「月島さんはどう思われましたか？」

「え？」

「僕の担当編集として。面白かったですか？　つまらなかったですか？　どこが一番よかったですか？　逆に、どこが引っかかりましたか？」

思わず顔を上げると、無表情に近い顔で園村が雫を見返していた。

だがその目だけが強く、まっすぐに雫を射貫《いぬ》いてくる。

園村は雫自身の言葉を待っているのだ。それを察した瞬間、雫は無意識に身体をこわばらせた。

（私の、感想）


口を開こうとしたが、その瞬間堀内部長の顔が脳裏をよぎった。自信満々に持論を展開する顔。雫が何か言おうとするだけで、じろりとこちらをにらみつけてくる顔。

彼がつまらないと言ったのだ。雫がここで感想を言ったところでどうなるというのだろう。

「私は……私は色々な意見を受け入れて、園村先生の作品が面白くなれば……読者の人に楽しんでいただければと思います」

「…………」

一瞬、園村の返答に間が開いた。

彼はジッと雫を見つめ、やがて静かに目をそらした。

「模範解答ですね」

「……えっ」

「検討してみます。修正」

「あ、はい、お願いします」

ぺこりと頭を下げた雫に形ばかりの礼をして、園村は席を立った。

打ち合わせ時の飲食は基本的に出版社の経費で落ちる。だが雫が顔を上げた時、テーブルの上から伝票がなくなっていた。

「あ……」

それが園村の静かな苛立ちのように受け取れて、雫はうなだれた。

……なぜ正直なことを言えなかったのだろう。園村がはっきりと「雫」の言葉を望んでいたのはわかっていたのに。

(でも、部長がダメって)

数々のヒット作を生み出した堀内がダメだと言ったのだ。彼の言葉に従って修正してもらえれば、園村の原稿は今以上に多くの読者に受け入れられるかもしれない。

園村の作品を世に広めたい気持ちは雫も持っている。彼の物語に惚れ込んでいるからこそ、一番いい形で読者の元に届けたいのだ。

自分は間違っていない。正しいことをしたはずだ。

そう言い聞かせつつ、机の下でぎゅっと拳を握りしめる。先ほど飲み込んだコーヒーが胃の中でぐるぐる暴れていた。

雫が編集部に帰った時、時計は十八時を回っていた。一応規定の退社時間ではあるが、帰り支度をしている人はいない。業績が悪化する企業では人員整理《リストラ》が行われるようになった昨今、星見出版でもある意味、ここからが本番だ。十九時に帰ろうとすれば「やる気ないのか」と堀内に怒鳴られ、二十時に帰ろうとすれば「いい身分だな」と嫌みを言われ、二十一時に「今日はどうしても用事があるので失礼します、明日、その分も残業します」と必死に頭を下げて、ようやく退社が許される。

今日もあと三時間は残業だ。

「ただいま戻りました」

「おう、お帰り」

堀内がどうでもよさそうに声をかける。

デスクに荷物を置くと、隣の席の高木がひそひそと声をかけてきた。

「お疲れ様です。どうでした、園村先生。あの量の修正依頼となると、結構揉めたんじゃ……」

「検討してくれるって」

「おお、さすが……」

「でも甘えっぱなしっていうのはね。さっき、隣町の大型書店に寄ってきた。今回の修正の参考になりそうな本、お送りしようと思って」

「そういうの、きっと園村先生も助かりますよ」

ニコニコと笑う高木に力なく笑って頷き、雫は机に向かった。するべき仕事を慌ただしく頭の中で整理している時、ふと斜め前から視線を感じた。顔を上げると、先輩編集者の津田が雫を見つめている。

「月島、あんたはそれでいいの？」

「え？」

「編集者は自分の感性を信じて、真剣に作家と向き合わないとさ」

津田は不思議な女性だ。いつもひょうひょうとしていて、何でもさらりとこなしてしまう。その上、こちらがドキリとするようなことを不意に言うこともあるのだ。

津田を前にすると、雫は時々彼女に胸の内を見透かされているような気持ちになることがあった。

「はあ」

「恋愛と一緒で、こっちが相手にどんだけの想いがあるかって伝わっちゃうから。『飛び込む時は一緒だ』ってくらいの本気を見せなきゃ」

津田は手早く外出の準備を整えた。これから自分の担当作家と打ち合わせがあるのだろう。「行ってきます」と堀内に声をかけ、颯爽《さつそう》と風を切って編集部を出ていく。

思わずその後ろ姿を見送ってしまった雫に、隣にいた高木が言った。津田に何も言えずにいた雫を励ますように明るい声で、

「何言ってんすかね。津田さん、彼氏もいないくせに」

「あはは……そこはまぁ、私たちが言うことじゃないけど」

「さっきの『飛び込む時は一緒だ』ってやつ、『タイタニック』の観すぎですよ。津田さん、三回も観に行ったらしいです」

「そうなの？」

昨年公開された映画『タイタニック』は爆発的にヒットした。

豪華客船タイタニックで出会った貧乏な画家志望の主人公と、上流階級の令嬢の恋物語だ。二人は互いに惹かれ合うも、豪華客船は氷山に衝突した衝撃で船体に穴が開き、沈んでしまう。互いに励まし合い、なんとか生き延びる術《すべ》を探すも最終的に主人公は令嬢の命を優先させ、自分は冷たい海に沈んでいく――。

涙なくしては見られない悲恋だ。

まっすぐに夢を追う主人公から命がけで愛されるヒロインに自分自身を重ね、切なくも甘い恋物語に浸る女性も多かったそうだ。

(私は、あんまりハマらなかったな、あの映画)

努力したのに結局主人公が命を落とすなんてあんまりだ。一緒に生きようとして頑張っていたのだから、ラストは主人公もヒロインも助かってほしかった。……これは個人的な好みの問題だとわかってはいるけれど。

「僕は月島さんの味方ですから」

そんな雫の気も知らず、高木はヘラヘラと笑った。

「自分の気持ちだけじゃ、どうにもできないことってありますよ、この世の中」

「うん……」

「作家さんにも生活がありますから。売れることが結局作家さんのためにもなるでしょうし」

「そうだね」

高木が自分を慰めようとしてくれているのはよくわかった。力なく笑い、雫はため息を呑み込んだ。

●二十五歳・天沢聖司●

広々としたアパートメントはものが多く、どこか荒れた雰囲気を醸し出していた。楕円形《だえんけい》のローテーブルとクリーム色の長ソファー。窓際にはケースに入れたチェロと譜面台が置いてある。

仲間が来た時のために椅子の数は多いが、きちんとテーブルの下に収めているわけではない。ペンやマグカップは使い終わった後もテーブルに放置したままだ。そのせいか、ゴミが散乱しているわけではないが、室内は全体的に雑然としていた。

ポスターや絵画といった「趣味」を思わせるものは何もない。以前、家に招いたシューマンが「聖司、ホントにここに住んでるの？　作業場じゃなくて？」と唖然としていた。

（ダメだ）

閉め切った部屋で、聖司はテーブルに向かいながらギリギリと歯嚙みした。

部屋は防音対策がされているが、より小さな音を拾うためヘッドフォンを付けている。この日録音した自分たちの演奏を聴き直し、問題点をチェックしようとしていたのだが、

（……違う。……ここもだ。こっちは早すぎる。ここは弱い）

譜面に記載した自分の指示にどんどん×印がついていく。

「ここも……ここもダメだ……！」

鉛筆を持つ手に力がこもり、思わず楽譜を破きそうになった。

はぁ、と大きなため息をつき、聖司はヘッドフォンを頭からむしり取った。激高した格闘家のように息が乱れる。

——技術的に未熟すぎる。

仲間たちが、というよりは自分が。

曲の持つ魅力を全く表現できていない。譜面に記した指示はどこもかしこも「平凡」で、聴いた観客の心には残らないだろう。

「…………」

一息つこうと立ち上がった途端、身体のあちこちが痛んだ。時計を見れば、いつの間にか三時間以上が経過している。一度も立ち上がることなく同じ姿勢でテーブルに向かっていたのだから、全身が固まっていて当然だ。

夜景を見ようと窓際に近づいた時、置いてある観葉植物が目についた。土がカラカラに乾き、葉からもみずみずしさが失われている。

そういえば、最後に水やりしたのはいつだっただろうか。

二日前か、三日前か……。少なくとも昨日と今日は記憶がない。

機械的に水をやりながら、ふと喉の渇きを覚えた。観葉植物同様、自分もこの三時間、何も飲んでいなかった。

乾いている。カラカラに。

これ以上ないほどに。

視線をそらし、夜空を見つめた。この空の下、故郷で頑張っているであろう雫のことを考える。

……会いたいな、と思った。

● 二十五歳・月島雫 ●

「あ〜、それは災難だったねえ」

ラベンダー色のカーディガンを羽織り、夕子が同情した目を雫に向けた。それに応え、雫は大きく肩をすくめる。

この三年間、会社で何があっても、家に帰れば夕子が話を聞いてくれた。温かい風呂に入った後、共に晩酌すれば、ストレスは多少軽くなる。

ビーフジャーキーや軽食と共にワインを呷《あお》り、夕子は苦笑した。

「雫のところと全く一緒。いるよ〜、うちにも、そういうバブル引きずったおじさん」

「何かっていうと、情熱だ〜、愛だ〜！　って精神論ぶつけてきてさ。こっちは児童書作ってんだよ、子供たちに夢を届けるために」

思わず、むすっとした声になる。

「情熱も愛もあるよ。でも聞いてくれないの、そっちじゃん、みたいな……。言いたいことがあるなら言え、って言うけど、それが自分の意見と違ってたら絶対認めてくれないし、上から押さえつけてくるだけだし……。そんなのを三年間繰り返されたら、もう何も言えないよ」

「言っても怒鳴られるだけだしねぇ」

「そう！　なのに黙ると『自分の考えはないのか！』ってまた怒鳴られるし。ニコニコしながら『私も部長と同じ考えです！』って元気いっぱいに言える人なら、部下としてかわいがられるのかもしれないけど……」

「あー、うちもそういう人から出世してるわ。まぁ、長いものには巻かれろっていうのが今の社会だからね」

「なんか、自分の気持ちねじ曲げて、仕事するのってホントにやだ！」

思わず悲鳴のような声が出てしまった。

夕子が心配そうな視線を投げてくる。

この三年間で、雫の口から出る言葉がどんどん変わっていったことに、夕子も気づいているのだろう。

——出版社から内定もらえた！　しかも児童書編集部に配属だって！

——すごく面白いストーリーを書く作家さんの担当になれたの。頑張る！

——私はいいと思うんだけどさ。部長が書き直させろって……。

——ヒーローのパンチやキックで何でも解決するのってどうなのかな。児童文学なんだから、子供たちの優しい心を育てるのも大事だと思うんだけど……。

——ただいまぁ、そろそろ日付変わる前に帰ってきたい……。

ゆっくりと変わっていった雫を一番知っているのが夕子だろう。いいことも悪いことも夕子は何でも話してくれたし、雫も何でも相談してきた。

「そういえばコンクールはどうだったの？」

夕子がそっと尋ねてきた。雫が黙って首を振ると、そっとグラスに赤ワインが注《つ》ぎ足された。

「そっか。……でも雫はずっと夢を持ってて偉い」

「そんなことないよ」

「あるある。だってほとんどの人が現実見て、夢諦めてくじゃない」

「まぁ、そうだね……」

そちらのほうが賢い選択だという気もする。皮肉ではなく、かなり本気で。

「そもそも将来の夢なんて見つからない人も多くてさ。うちの会社でも普通にいるもん。特に学びたいものもなかったけど、普通に大学卒業して、適当に入れそうな会社に入って、三十歳手前になったから、そろそろ適当に結婚するかー、みたいなこと言う人。その点、すごいよ、雫は。天沢くんのことも」

「さすがに十年は長いよね」

自分で言って笑ってしまった。

夕子が例にあげた会社の同僚も極端だろうが、雫は輪をかけて珍しいタイプだと自分でもわかる。

なんといっても十年間の遠距離恋愛だ。

中学卒業と同時にイタリアに渡った聖司とはこの十年間、エアメールと電話でやりとりするだけで、一度も会っていない。夢を叶えてプロのチェリストになった聖司は忙しくて帰国する暇もなく、自分も小説の執筆や就職で慌ただしかった。

「写真は送ってくれるし、こっちも送ってるけどね……。実際に会った時、気づけなかったらどうしようって、時々ちょっと不安になるよ」

「そりゃ当然だって。もしタッちゃんが海外に行っちゃったら、あたしたち、絶対半年で自然消滅する」

自分たちに置き換えて想像したのか、夕子がムッと眉を顰《ひそ》めた。

「本当に、雫じゃなきゃできないよ。すごい」

「まぁね、ハッハッハッ！」

反射的に胸をそらして高笑いしたが、その声は驚くほど乾いていた。

晩酌を終え、それぞれの自室に戻る。寝る支度を整えたところで、ふと机の脇に置かれた棚が目についた。ちょうど椅子に座った時に目に入る位置に写真立てを置いている。

卓上ライトをつけ、写真立てを手に取った。

「聖司くん……」

今、の聖司の写真だ。

この十年間、お互いに交換し合ってきたため、彼がどんな風に成長してきたかはちゃんと知っている。国際電話も掛け合っている。通話料が高いため、あまり頻繁にはかけられないが、それでも聖司の声は聞ける。声変わりの途中だった中学時代から、ゆっくりと低く、落ち着いた声音になってきた聖司の声が。

毎日のように会わなくても、相手のことはわかっている。きっと聖司もそうだろう。

十年前、一緒に夢を叶えようと約束した。

あの約束はちゃんと今も生きている。

「頑張らないとね」

自分に言い聞かせるように写真立てを棚に戻し、カーテンを開けて外を見た。キラキラとネオンが光る夜景が広がっていた。

6

●中学生・月島雫●

地球屋は雫にとって、最高の「隠れ家」になった。

宝物が詰まった宝石箱のような……小説の中で主人公がたどり着いた夢の島のような。

そんな場所を今、雫も手に入れたのだ。

九月も半ばにさしかかる頃、雫は中学の授業が終わると、頻繁に地球屋に足を運んだ。

いつ行っても、店内には自分以外の客はいない。こんなことでは店が潰れてしまわないか、心配になるほどだ。

「こんにちは――……あれ？」

ある日の放課後、地球屋に入った雫は目をしばたたいた。

ステンドグラス越しに差し込む太陽の光と、室内のあちこちに置かれたランプの明かり。星のような無数の光に囲まれ、店内はひっそりと静まりかえっている。

少し待ってみたが、店主のおじいさんは姿を現さない。店が開いているため、外出しているわけではなさそうだが……。

（ここなら、それもありそう）

泥棒もこんな場所に店があることを知らないのかもしれない。だからこそおじいさんも無警戒に店を開けっぱなしにして外出しているのかも。

壁に年代物の弦楽器が飾られている。それらを眺めつつ、店の奥に入った時だった。

「あ、猫くん」

するりと何かが雫の足下をすり抜けた。

約一ヶ月前、雫をこの地球屋に導いてくれた猫だ。茶トラの猫は我が物顔で無数の商品の間を通り、奥へと消える。

「……階段？」

猫を追いかけた雫は古びた木製の階段に気づき、目を見開いた。何度もこの店には出入りしていたのに、奥に階段があることは知らなかった。

隠れ家の中に作られた秘密の小部屋。目の前の階段はそこへ続いているのでは……。

ふと、そんな空想に浸ってしまう。

「音楽？」

一階の暗がりから階段上を見た時、かすかに音楽が聴こえた。深みのある、低い音。

楽器に詳しくない雫には音だけ聴いても、どんな楽器なのかわからない。それでも切なく震えるような音色に、ふと胸が震えた。

雫は引き寄せられるように、ふらりと階段へ足を向けた。一段一段上っていくと、ほんのわずかに空気が変わる。

無数の燭台やランプの明かりに照らされた一階とは違い、柔らかい太陽の光が差し込んでいる。

「えっ……」

二階は売り場ではなく、こぢんまりとした一室だった。

西洋館のようなバルコニーに続く、凝った作りの窓がある。飴色《あめいろ》に光る年代物の木製テーブルの上に分厚い本が積み重ねられ、壁には風景画が飾ってあった。観葉植物に囲まれ、アップライトピアノも置かれている。

机に置かれたバイオリンなどの楽器を見る限り、それらを修理する作業場を兼ねているのかもしれない。

そんな空間で、椅子に座った少年が夢中でチェロを弾いていた。

（天沢くんだ）

完全に没頭しているのだろう。雫に気づいた様子はない。彼が弦を弾くたび、美しい音色が二階に響き渡る。

……何を考えているのだろうか。

……誰かのことを、考えているのだろうか。

真剣な表情と優しげで繊細な音色に、なぜか胸が締め付けられる。

こんな風に誰かを見て苦しくなったことはない。誰かの奏でる音楽を聴いて、泣きそうになったことも。

「……っ、月島？」

動くこともできずに魅入っていた雫に、不意に聖司が気づいた。なぜか彼は彼で、とても驚いているように見える。

「月島、どうしたんだよ？　なんでここに……」

「いや、猫が」

聖司が自分を見ている、と思うだけで、先ほどよりもなおさら動揺した。

雫はあたふたしながら、部屋の隅を指さした。猫用に作られたベッドで、先ほど二階に上がってきた猫がのんびりと寝そべっている。

それを見て、聖司が面白そうに表情を和らげた。

「ああ、ムーンっていうんだ」

「ムーン……って、なんで天沢くんがここにいるのよ」

「ここ、俺のおじいちゃんの店」

「えっ、そうだったんだ」

「月島こそなんで？」

「私は、ムーンに連れてこられて」

　とっさに言ってから、雫は一瞬「しまった」と思った。彼には以前、児童文学を読んでいることを笑われたことがある。「中三でさ、妖精でもねぇよな」と。

　あんなことを言う少年なのだから、猫に連れてこられた、なんて言ったら、また何か嫌みを言ってくるだろうか。

　だが身構える雫に対し、聖司は馬鹿にしたりしなかった。はは、と面白そうに笑ったが、嫌な笑い方ではない。それだけで、なんだか余計に心臓がドキドキと騒いだ。

　そんな風に一喜一憂している自分が悔しくて、雫は精一杯虚勢を張って言った。

「天沢くん、チェロうまいじゃん」

「おじいちゃんが昔チェロ奏者でさ。一緒に弾くとすっごく楽しくて、大好きなんだ」

「へぇ～、すごいね！」

「月島はないの？　好きなこと」

　急に聞かれて驚いた。

「いや、私は……」

「読書じゃないの？　月島ってさ。童話や夢物語みたいな本ばっかり読んでるじゃない」

「それは天沢くんもでしょ」

「まぁ……本読んでると、チェロの音がするんだよ」

「えっ⁉」

「楽しい音だったり、悲しい音、ドキドキする音。アレが聞きたくて、ついいろんな本に手が伸びるんだ」

そんな話は初めて聞く。おそらく聖司だけに聞こえる特別な音なのだろう。

だが同時に、これは驚くべきことでもあった。

何かを考えるより早く、雫は夢中で身を乗り出した。

「そうなんだ⁉　私もね、いつも本読んでて、つまんなかったり感動したり色々感じるんだけど、そんな時音がするの」

「へえ、どんな音？」

「う〜ん、なんだかよくわからないんだけど」

あの音を言葉で説明しようとすると難しい。後から思い出そうとすればするほど、その「音」の印象は曖昧にぼやけ、言葉で説明しようと焦るほど、どんどん真実が遠ざかってしまう気がする。

「なんか水が落ちる、みたいな……」

「へぇ、じゃあ音の種類は違うけど、俺ら似てるのかも」

親しげに微笑まれ、雫はうろたえた。……顔が熱い。声が震えそうだ。

「に、似てるかな。天沢くんはチェロの音って言ってたよね。本を読んだ時に音が聞こえるなんて、よっぽど好きなんだね、チェロ」

「俺、チェロ奏者になるのが夢なんだ」

「そうなの？」

「だけどうちの親、俺を医者にしたいから、いい顔しなくて。揉めて喧嘩になるのも馬鹿らしいから、こうやってコソコソ、おじいちゃんトコでやってんだけど」

地球屋は郊外にあり、周りに民家も見当たらない。誰かが苦情を言ってくるとも思えないため、楽器の練習にはうってつけの場所だろう。

「隠れてやらなきゃいけないのはちょっとつらいね。でもすごい。ちゃんと夢があって」

「月島は？　ないの、夢？」

「夢……私はわからないな。進路とか、将来、どんな道に進みたいのかも全然」

とりあえず自分の学力で入れそうな高校を受験するつもりだが、その程度だ。

本当にこんなことでいいのだろうか。このままずっとやりたいことが一つも見つからないまま、大人になってしまったらどうしよう。

そんな漠然とした不安が胸を突くが、だからといってはっきりと進む道も見えていない。中学三年の九月なのだから、そろそろ自分の将来と向き合わなくてはいけないとわかっているのだが。

「本を読むのは好きだから、勉強の合間に息抜きはできてるんだけどね。ただ最近、本を読んでも、あんまり『音』が聞こえなくて」

そっと胸に手を当ててみる。読書している時に響く澄んだ水音は、最近なぜか聞こえてこない。

「物語を読むのは楽しいんだけど、どうしてなのかな。わくわくする感じとかドキドキする感じが鈍いっていうか、何か物足りないような気がして……」

「じゃあ、自分で書いてみれば？」

「えっ」

当然のように言われ、雫は目を丸くした。

これほど雫を驚かせておいて、聖司は平然としている。まるで今日の天気の話をするようにあっさりと言った。

「書いてみればいいじゃん、物語」

（そう、か……）

——どうして気づかなかったのだろう。

考えてみれば簡単なことだ。「誰か」の物語を読んで満足できなくなっていたのは、自分の中に何かが生まれつつあったから。胸の中でぐるぐると渦巻く思いに振り回され、大好きな物語を読むことに集中できなくなるほどに。

（そんな簡単なことだったんだ……）

だが、聖司に言われて、ようやく気付けた。

挨拶もそこそこに、雫は駆け足で家に帰った。

途中の文房具店で原稿用紙を買っておく。

（物語を書く。自分で）

なんて素敵なことだろう。今まで夢中になって読みふけってきた物語を自分の手で作るのだ。絶対面白いモノになる。とても新鮮で、誰も予想しなかった物語。それでいて、どこか懐かしく、思わず笑顔になってしまう物語。

きっと書ける。やってやる！

……だが意気込んで机に向かったが、雫はすぐに途方に暮れた。

「物語ってどうやって書くんだろう……」

こんなに毎日読書しているのに、なぜか最初の一文字目も思い浮かばない。

「最初は『昔々、あるところに』……ってそれじゃあ昔話だ。じゃあ『これは語り継がれてきた大いなる伝説』……って、何なのよ、それ」

真っ白な原稿用紙を前にして、雫は自分の頭を掻《か》きむしった。

大事なのはまずどういう物語を書きたいか、だ。主人公は人間の男の子なのか、女の子なのか。それとも喋る動物にするのか、妖精や悪魔といった幻想的な存在にするのか。

それすら思い浮かばない。

(何か書きたいのに、書きたい物語が思いつかないなんて)

まさかこんなことが起きるとは。

どんな話を書きたいのかすらわからないまま、時間だけが過ぎていく。

数日後、完全に行き詰まってしまった雫は再び地球屋に足を運んだ。何か物語のヒントになるものはないだろうかとすがるような心地で店内を見回す。ここなら中世の地図や古時計、帆船模型やビスクドールなど心躍る品々がたくさんある。

「やっぱり、一番は『彼』だけど」

一通り店内を見回し、雫は奥まった場所で足を止めた。レースのカーテンで仕切られた一角にテーブルが一つ置かれている。ドライフラワーの花かごの隣にはこの日も猫の男爵人形バロンが立っていた。穏やかな顔で、気取ったポーズのまま。

(バロン、あなたはどこから来たの?)

心の中でバロンに問いかけてみる。彼はどうやって生まれ、どんな冒険と旅の果てにこの地球屋にやってきたのだろう。

瞬《まばた》きも忘れてバロンに見入っていた時、不意にその目が光ったように見えた。

――やぁ、お嬢さん。

深みのある、茶目っ気たっぷりな声が聞こえたような気がした。

まじまじとバロンを見つめると、背後から落ち着いた声がかかった。

「エンゲルスツィマー」

「天沢くん？」

雫が来た気配を察したのか、どこからともなく聖司が現れた。驚いて彼の背後に目を向けると、二階に続く階段下が小さな工房になっていた。おじいさんは仕入れた時計やおもちゃをここで修繕し、店に並べている。聖司もそこでおじいさんを真似ていたようだが雫の訪れを知って、声をかけてくれたのだろう。聖司は雫の隣に立ち、バロンをそっと手に取った。

「バロンの目が光るのって、人形師が布張りの時に誤って傷をつけたからなんだって。それがエンゲルスツィマー」

「どういう意味？」

「……『天使の部屋』。バロンの瞳の中で、天使が踊っているように見えた誰かがつけたのかもな」

「へぇぇ……。バロンって天使と仲がいい、みたいな物語があるの?」

「さあ……。おじいちゃんは若い時、貿易会社に勤めててさ。日本とヨーロッパを行ったり来たりしてたんだって」

聖司は穏やかな口調で話した。

「ある時、ドイツの喫茶店の片隅でバロンを見つけたみたい。三日間頼み込んで譲ってもらえることになったけど、一つ条件をつけられたんだって」

「条件?」

「今、この猫の対になる恋人が作られてる途中だから待ってくれ、って。ただおじいちゃんはどうしても帰国しなきゃいけなくなったから、恋人の人形は完成したら送ってもらう約束を交わして、この猫だけ連れて帰ってきたそうなんだ。でもその後、戦争が始まって、約束の猫は届かなかった……」

「えっ、それじゃあ……」

「戦争が終わってからおじいちゃんはドイツに行ってさ。人形師の名前と、バロンを見つけた喫茶店の名前だけを頼りに探したんだけど、結局誰も見つからなかったんだって。でも、だからって約束が消えたわけじゃない。いつか恋人の猫が送られてくるかもしれないだろ?」

「………」

「だからバロンはここにいる。ここでずっとその恋人を待ってるんだ。店に置いてるけど、おじいちゃんも彼のことを売る気はないんだよ、きっと」

「……そ、かぁ……」

急に胸の奥が震えた気がした。つんと喉と鼻の奥が同時に痛み、呼吸がしづらくなる。突然どうして、と思う間もなく、急に視界がぼやけた。

「つ、月島？」

隣で聖司が焦ったように叫んだ。

「えっ、な、なんで泣いてんの……」

「わからない。わからない、けど」

バロンのことを思うと、何かが胸からこみ上げてくる。彼の生まれた場所、彼の願ったこと、彼の待ち続けているもの。そして彼の大いなる運命の一部が雫の中に流れ込んできたようだった。

（これだ）

私はこのお話を書くんだ、と不意に雫は理解した。自分にしか書けない物語。自分が一番読みたい物語。

『これははるか昔のお話。

いいえ、遠い未来の物語かもね。
猫の男しゃくバロンにとって、長い長い旅への出発の日でした』
この日、初めて雫の書いた物語はそんな一節から始まった——。

● 二十五歳・月島雫 ●

「あれからもう十年……」

原稿用紙に最初の一文字目を書いた時の感覚を思い出し、雫はため息を呑み込んだ。

当時の感覚は十年経った今でも鮮明だ。こんな風に忘れられない記憶になると、中学生だった自分は全く考えていなかったけれど。

長い年月が過ぎ、自分を取り巻く環境は大きく変わった。あの日の自分に「将来、出版社に就職して、児童書の制作に携わっているよ」と伝えたら、昔の自分は喜ぶだろうか。別の反応をするだろうか。想像もつかないが、続けて「自分の意見は全然通らず、毎日部長に怒られているよ」と伝えたら、絶対泣くに違いない。あの日、バロンの生い立ちを聞いて流れた涙とは違う涙を流して。

「聖司くんは前に進んでるのにね」

机の横に置いてある棚から、雫は長方形の箱を取り出した。中にはエアメールや絵はがきがぎっしり収められている。この十年間、聖司から届いた近況報告だ。

最新のはがきを手に取り、雫はそっと文字を指でなぞった。もう何十回も読んだが、目を通すことをやめられない。

『雫、元気ですか？

僕は今年から弦楽カルテットを組んで、ローマを拠点にソロや室内楽で演奏したり、アルバムリリースのための準備をしている。

雫が手紙で、一緒に頑張ろうって言ってくれたおかげだと思う。

遠い空の下、頑張っている雫がいる。そう思うだけで、何事にも負けない気持ちを持てました。ありがとう。

雫も元気に頑張って下さい。天沢聖司』

丁寧で力強い文字だ。

聖司そのものを表すような筆跡に、雫も元気をもらえる気がする。

頑張らないと、と自分に言い聞かせ、雫は手紙を箱にしまった。

7

●　二十五歳・月島雫　●

企画会議の日はいつも緊張する。

星見出版の児童書編集部で、雫はそわそわと視線をさまよわせた。今後、自分が売り出したいジャンルやテーマを編集部内でプレゼンし、企画が通れば出版に向けて動き出すのだ。

執筆こそプロの小説家に頼むことになるが、企画は編集者それぞれの個性や感性に委ねられる。担当作家が書きたい物語を書き、それをチェックして本にする仕事よりは創作に関わっている感覚があり、編集者たちの思い入れも強い。

「じゃあ次、月島」

部長の堀内に呼ばれ、雫は資料を胸に抱いてホワイトボードの前に立った。大きなボードにはあらかじめ、ベテラン編集者の津田と新入社員の高木、そして雫の企画が書かれている。

「はい！　私は子供たちに人気のある、うんちやお尻を主人公にした物語を作りたいと思います」

「何だそれ」

堀内が奇妙な生き物を見るような顔で雫を見た。これはまずい、と雫は慌てて胸元の資料を部長に差し出した。

「この資料を見て下さい。児童心理の本に面白い話がありました。子供は二歳から四歳頃、発達の過程で『肛門期《こうもんき》』と呼ばれる時期を迎えるそうです」

「はぁ……」

「トイレトレーニングをする際、子供が親から褒めてもらえた喜びや、逆にふざけた時に叱られ、かまってもらえた喜びと排泄《はいせつ》が結びついているそうです。そのため本の仮タイトルは『おしり博士のうんち日記』……。人格を持ったお尻が主人公で、様々な発明品で敵を退治する、という話にしたいと思います」

「敵を退治、ね。……なるほど？」

「小学校一年生から六年生向けの物語で、当たればシリーズ化が見込めます。店売り中心で、総ページ数は百六十くらい。アニメ風の挿絵をふんだんに取り入れて、視覚からもアプローチしていくつもりです」

「ふぅん……よくわかんねぇが、まぁ敵をやっつけるってのはいいな。相棒キャラや仲間もちゃんと出せよ。必殺技や合体技もな」

「そ、そうですね。そういうのもゆくゆくは……」

「細かい部分は次までにちゃんと詰めとけ。次、高木」

次回の話が出たということは、ひとまずこの企画は次の段階に進めていいのだろう。

雫はホッと息をつき、代わりに立ち上がった高木のプレゼンに耳を傾けた。

「やりましたね、月島先輩」

企画会議の後、高木が話しかけてきた。彼の企画も通ったため、声は明るい。

「意外でしたよ、先輩があぁいう企画を出すって。部長の感触もよかったですね」

「うん、やっと通ったって感じ。前回も前々回もボツになっちゃってたから」

「俺は前のやつも好きでしたけどね～。何でしたっけ、猫の大家族が月の光を集めてお茶会を開くやつ」

「地味だー、テーマがわからないー、こんなの売れるわけねえだろー、のセリフ三つでボツになったけどね。……まぁ、だから今回は部長が好きそうなもので考えてみたんだ。おしり博士なら派手に戦えるし、企画も通りやすいかなって」

「バッチリその通りになりましたね！　さすがです！」

純粋に喜んでくれている後輩の笑顔が眩しく、雫は曖昧に笑った。

……嬉しい、はずだ。

やっと自分の考えた企画が通った。細部を固めていって一冊の本を作れたら、これも立派な「月島雫の物語」だ。その第一歩を踏み出せたのだから嬉しいはずなのに。

「本当にアレでよかったわけ、月島」

「津田さん」

雫の胸中を察したように、斜め前の席から津田が話しかけてきた。大量の資料や本、原稿が積み上げられているため顔はよく見えないが、声からは呆れているような響きを感じる。

「そりゃ企画が通ることも大事だけどさ。そのためにあんたらしさを全部捨てて、部長のご機嫌取りするなら、結局それ、部長の企画でしょ」

「でも仕事ですから」

「私たちの仕事は『いい本』を世に出すこと。部長の機嫌を取ることが仕事になっちゃダメよ」

「う……」

津田の言うことはいちいち正しい。この日も彼女は以前から作りたがっていた「魔女」をテーマにした企画を通していた。見習い魔女の女の子が好きな男の子のためにお菓子を作る話だが、作中に出てくるお菓子のレシピは本物で、物語に沿って作業すれば実際にも再現可能だそうだ。

きちんとパティシエの監修もつけ、巻末にはレシピをまとめる。物語を楽しみながら、大人と一緒にお菓子も作れるという画期的な企画で、堀内部長もあっさりGOサインを出していた。

津田はさすがだ。今回は堀内の感触もよかったが、たとえ彼が難色を示しても津田は引き下がらない。どんなに堀内の機嫌が悪くなろうが怒鳴られようがひょうひょうとしていて、「自信あるので任せてもらえません?」と微笑みながら企画を通してしまう。

すごいと思う半面、アレは入社十年以上の津田だからこそできることなのだとも思ってしまう。まだ三年しか経っていない新人同然の自分や高木が同じことをやろうものなら、堀内は活火山のように激怒するに違いない。「売れなかったら、どう責任を取るつもりだ!」「在庫全部お前が買い取るってことでいいんだな?」「やりたいんなら辞表書いて、預けてからにしろ!」と怒鳴られる絵が今から目に浮かぶ。

「あ……そろそろ打ち合わせの時間だ……。行ってきます」

ふと時計を見ると、担当作家である園村との約束の時間が近づいていた。

今日は彼のオフィスに出向くことになっている。雫は慌ただしく荷物をまとめ、出版社を出た。

園村のオフィスはマンションの一室にあった。ドアにはかわいらしいピンクのブタをデザインしたネームプレートがかかっている。「OFFICE　SONOMURA」とアルファベットで書かれた「SONO」の「O」二つがちょうどブタの鼻に当たる位置にきている。遊び心たっぷりのプレートが園村らしい。

(でもちょっと汚れてきちゃってる)

外階段に面しているせいだろう。風雨を受けてピンク色がくすんでいる。

それを気にしつつチャイムを押すと、すぐに園村が姿を現した。

「ご足労いただき、すみません」

赤紫色のベストにラベンダー色のシャツを着ている。相変わらず彼のファッションセンスは独特だ。誇らしげに見せつけるわけでもなく、当たり前のように身にまとっているため、雫もそれには触れられずにいる。

「いえ、ご連絡ありがとうございます。失礼します」

園村のオフィスには雫も何度か足を運んだことがあった。

几帳面な園村の性格を表すように、いつ来ても、ここは掃除が行き届いている。壁も天井も白でまとめられた部屋に四人がけのテーブルが置かれ、一輪挿しが飾られている。壁沿いに設置された棚には園村が作った絵本や、それに関連して作成したグッズが並べられていた。

部屋の奥が園村の作業スペースだ。棚や机にどっさりと積まれた資料を見ると、彼が膨大な下調べをしながら、物語を書いている様子が伝わってくる。

「急な直し、本当にありがとうございます」

雫が頭を下げると、園村は静かに首を振った。元々活気がみなぎっているタイプではないが、今日はずいぶん疲れているようだ。……無理もない。前回は堀内部長の指示のもと、かなり大幅な内容修正をお願いしてしまったのだから。

「自分ではよくわからないので、月島さんに一度、目を通してもらえたらと」

「はい、読ませていただきます」

原稿を受け取り、促されるまま椅子に座る。

読み始めて、すぐに気づいた。これは園村の書きたいものではないな、と。

物語自体は編集部の指示通りに直っている。主人公のトントンが実際に旅に出て、巨大な魚に襲われたり、凶暴な蜂から逃げ惑うような危機に遭遇し、仲間と力を合わせて窮地を脱する。

ハラハラドキドキの連続で物語はジェットコースターのように変化し、そのままエンディングを迎えた。

こういう話を楽しむ層もいるだろう。スリリングな展開を好む小学生にはウケるかもしれない。

……ただ、そうした展開を入れるために、初稿の段階では盛り込まれていた「トントンの気持ち」がほとんど書かれていない。初稿では旅の様子をトントンが空想するという構成上、トントンは常に多くのことを考えていた。その思考に優しく絡められるようにして、読んでいる雫もトントンに共感できたのだが。

（でも……）

堀内部長が好むのは多分、今回の原稿だ。そしてどちらが売れるかどうか、雫には判断できない。

「園村先生、ありがとうございました」

読み終わった原稿をテーブルの上でそろえていると、デスクに座っていた園村がパッと駆け寄ってきた。雫が読んでいる間、他の仕事をしつつも気になっていたのだろう。

「どうでしたか？」

園村が尋ねてくる。

「前回、月島さんに言われた通りに直してみたのですが」

「……とても素晴らしいと思います」

「そうですか。あの、ちなみにどの辺が」

「えっと……全体的に、でしょうか。お願いした通りに直していただきましたし、矛盾もありませんし」

「………」

「こちら、一度社に持ち帰らせていただきます。社内で確認した上で、再度ご連絡……」

「月島さんは、直す前の原稿と直した原稿、どっちが面白いと思われましたか？」

「えっ……」

どくんと心臓が跳ねた。まるで、突然胸元にナイフを突きつけられたようだ。

動揺のあまり呼吸が乱れそうになった。

「えっと……」

園村はまっすぐに雫を見つめてくる。にらんでいるわけではないが、笑ってもいない。

雫の心の奥を見定めようとするように、瞬きもせず。

ドクドクと心臓が嫌な音を立てて鳴った。何か言わなければ、と焦るが、何を言えばいいのかわからない。頭の中を探っても、胸の奥を探っても、何一つ浮かんでこない。

「私は、その……」

強い園村の視線を感じつつ、雫は視線をさまよわせた。

何も言わずにこの場を収めることはできそうにない。

グッと喉に力を込め……だが次の瞬間、堀内の怒り顔が脳裏をよぎった。

「…………」

自分でも呆れるほど、ぐにゃりと身体から力が抜けた。そのまま、ヘラッとした曖昧な笑みが口からこぼれる。

「せ、先生はいかがですか？　ご自身的に、どう……」

その瞬間、園村が顔を背けて吐き捨てた。

「月島さん、僕の担当を降りて下さい」

「え……」

ようやく雫は自分の失言に気づいた。園村の言葉を冷静に「理解」できたわけではない。ただ、自分が今、どうしようもない失言をし、園村を完全に失望させたのだと直感的にわかった。

呆れたように冷徹な目。突き放すような園村のまなざしに囚われ、ぐらりと足下の床が崩れ落ちたような感覚がした。

「え、え、何を……」

「僕は自分の心に正直な人と仕事がしたい」

「あの、ちょっと待って下さい。園村先生、何か誤解させてしまったら、申し訳……」

「こんなもの」

園村はひったくるようにして雫から原稿を奪い、荒々しくゴミ箱に投げ捨てた。ガゴン、と手荒い主人の扱いに抗議するようにゴミ箱が悲鳴を上げたが、園村はもう一瞥もしない。雫の方を見ず、彼はオフィスの奥の部屋にこもってしまった。

「月島、お前、何やったんだ⁉」

重い足取りで星見出版に帰った雫を、堀内部長の怒声が迎えた。

雫が自分で報告する前に、園村から児童書編集部に電話があったのだろう。彼は本気だということだ。この日の気分やほんの些細《ささい》なすれ違いが原因ではない。長い間、ずっと彼は我慢し続けてきたのだろう。

「……何もしてません」

そういうのが精一杯だった。

責任逃れがしたかったわけではない。何もしなかったから園村に愛想を尽かされたのだとわかっている。担当編集者としての仕事も、人として真剣に関わることも、何も。

ただ言葉足らずだったせいだろう。堀内にはうまく通じなかった。

「何もしないで作家から担当外されたのか？　そんなわけないだろ！」

「園村先生とちゃんと向き合えなかったからだと思います」

「向き合えなかった、だぁ〜？　それじゃお前、毎日毎日、何しに会社来てたんだ？打ち合わせしに出ていって、向こうで何してたんだよ！」

「…………」

「作家と向き合うほかに『やること』なんてねぇだろ！」

「……はい」

何も言えなかった。

堀内の言葉は一つ一つが反論のしようがないほど正論だ。

（でも）

……私はいいと思ったのに。

……部長がダメって言ったから。

……だから作家にもそう言うしかなくて。

弱々しい声が脳裏をよぎるたび、そんな自分に吐き気がした。それらは全て雫の都合だ。上司に怒られるのが怖くて、もう怒鳴られたくなくて、一番大切にしなければならない担当作家をないがしろにしてしまった。堀内が気に入らなければ出版できないのだから仕方ない、実績のある編集部長が言うのだから、彼に従ったほうが売れるはずと自分自身にも言い訳して。

「お前さ、自分で本、書いてるんだろ」

うなだれたままの雫に堀内がため息をついた。彼の顔は見られなかった。ただ下げた目線の先に、彼の机の端が見えていた。「編集部長　堀内隆志」と書かれた三角形のネームプレートが置かれている。

――編、集、部、長、堀、内、隆、志。

無意味に頭の中で、漢字を一つ一つたどる。

「自分で書いてるのに、作家の気持ちがわからないんだ？」

――編、集、部、長、堀。

普段は堀内の怒鳴り声を聞くだけで身体が震えたり、呼吸が乱れたりするが、今はあまり動じない。代わりに、この状況をなぜか他人事《ひとごと》のように感じた。まるで叱られている自分を斜め上からもう一人の自分が見ているような感覚だ。

思ったよりも、少し楽だ。じわじわとしびれるように恐怖が遠のき、奇妙な穏やかさが身体を満たす。

「そもそも編集者の仕事もろくにできない奴に、いい本なんか書けるわけねえだろ⁉」

「…………」

「成り行き任せでやる気もねえ！　そんな奴の書いた本なんて誰が読みたいと思うよ。あ？　言ってみろ！」

「…………」

「仕事なんだよ。給料発生してんの！　担当作家の時間潰して、俺の時間潰して、お前はなんでそんな平気な顔してんだよ。そうやってだらだら生きてる分、代わりに他のヤツが苦労してんだよ、やる気あんのか⁉」

「………」

「園村先生の担当は高木に変更することにしたからな。明日、挨拶に行かせるが、後輩に尻拭いさせて、ちょっとは反省……っ、もういいよ。帰れ！」

何も言えずに立ち尽くす雫に嫌気がさしたのか、堀内が虫を追い払うように腕をなぎ払った。

……ああ、やっと解放される。

真っ先にそう安堵してしまった。

何を言われたのか考えて、ちゃんと反省して、次に活かして……。

自分はそんな情熱すら持てなくなってしまっているのだ。

こんな社員が部下だったら、雫でも扱いかねて途方に暮れるだろう。何を言っても響かず、やる気も出さない奴だとがっかりするに違いない。

「すみません……」

小さくそう呟くだけで精一杯だった。

ふらふらと自席に戻ると、高木が心配そうに見つめてきた。時計を見ると、一時間半は経過していた。帰ってくるなりずっと怒鳴られっぱなしだった雫を心配していたのだろう。

「大丈夫ですか、月島さん。今日は結構長かったですね」

高木は雫の呼び方を「月島先輩」「月島さん」と時々変える。どういう風に使い分けているのか、ふとその法則がわかった気がした。

真面目に仕事の話をする時は「先輩」だが、もう少し寄り添いたい時は「さん」付けにするのだ。人の気持ちを察し、寄り添うのがうまい高木らしい。

「うん、ごめんね。その……色々」

「いや〜、園村先生、気難しいそうじゃないですか。前に部長と津田さんが話してるの聞いちゃったんですけど、別の出版社で編集者に『タイトルの文字の色が気に入らない』『連絡したら五分以内に返事をよこせ』って要求してたとか、午前二時だろうと三時だろうと電話をかけたとか、で要注意人物になったとか」

「それはただのデマだよ。園村先生は常識的だし、無茶なことも言わないから」

あまりにもあり得ない噂話で苦笑してしまう。雫が担当編集者になってから三年経つが、園村に無理難題を言われたことはない。

「高木くんはしっかりしてるから大丈夫。よろしくね」

「いやいやいや、そんな簡単に諦めないで……。月島さん、三年前に部長に『私にやらせて下さい！』って頭を下げて、園村先生の担当になったんですよね？　もう一回チャレンジしたほうがいいですよ。ちゃんと謝ったら先生だって……」

「二兎追うものは一兎も得ず、なんじゃない？」

その時、二人の会話に津田が入ってきた。散々雫が堀内に絞られたところは見ていただろうが、彼女の様子は普段通りだ。

「夢見るのもいいけどさ。そろそろ現実見ないとダメだよ、月島」

「津田さん……」

「部長の言うこと、間違ってないからね。編集者って仕事、片手間にできると思ってんじゃない？」

「そんなことは……」

「プロの仕事しないと。お給料もらってるんだから」

「…………」

はい、と言うべきシーンだとわかっているのに、言葉が喉の奥に詰まったようで出てこなかった。

津田の言葉に反論したいわけではない。その通りだと思っているのに。

「津田さん、ちょっと言いすぎじゃあ〜りませんか〜？」

有名なお笑い芸人の真似をして、おどけたように大きな身振り手振りをつけつつ、高木が場を和ませようとする。「全然面白くない」とぴしゃりと退けられ、即座に頭を下げる高木を見ても、気分が和むどころか、何も感じなかった。

(私、なんで)

……どうしてこんなに、何も感じないのだろう。

取り返しのつかないミスにうろたえるのでも、長時間叱られて泣きたくなるのでも、逆に反発して腹を立てるのでも、何でもいい。普通はもっと感情が動くはずだ。少なくとも今までは雫も何かしら、考えていたはずなのに。

(なんでこんな)

まるで人形になってしまったかのような気分だった。

みじんも気持ちが動かないのに、今すぐこの場に座り込んでしまいたいほどの疲労感を覚えた。呼吸一つすることすらおっくうなほど、ヘトヘトに疲れている。

その日、どうやって家に帰ったのかはよく覚えていなかった。会社を出た後、気づいたら家の前にいたような感覚だ。

鍵を開けて中に入ると、ふわっと暖かな空気が雫を包んだ。真っ暗な廊下を数歩進んだ先に内扉が一つ。その向こうに、夕子と杉村の姿が見える。

「磯野《いその》さん、来られなくなったって」

「ふーん、ま、誰か友達でもそのテーブルに入れときゃいいじゃん」

「そういうわけにはいかないでしょ」

結婚式の打ち合わせをしているのだろう。ローテーブルには出前のピザや夕子の作ったサラダが並べられている。二人が仲良くピザをつまみながら談笑している光景はまるで完成された一枚絵のようで、なぜか気後れしてしまう。夕子とルームシェアしているのは雫だが、自分のほうが異物のような……。

「……ただいま」

「お帰り〜」

恐る恐る声をかけると、夕子たちが同時に振り返り、同じ笑顔を向けた。中学時代から知っている、温かい笑顔だ。

「月島、ピザパーティーしようぜ。月島の分もあるからさ」

「……ごめん、杉村。食べてきちゃった」

「え〜、そうなの〜？」

見るからにがっかりして肩を落とす杉村とは違い、夕子はすぐに察したのだろう。パッと駆け寄ってきて、雫の顔をのぞき込む。

「雫、お疲れ様。なんか飲む？」

「大丈夫。まだ仕事あるから……部屋行ってるね。ごめんね」

「そう……無理しないでね」

「うん。……杉村も、ごゆっくり」

リビングには入らず、廊下から続いている自室に向かう。閉め切っていた室内は真っ暗で、リビングとは違って冷え切っていた。家の中にいるのに、息が白い。

ドアを閉める直前、リビングの方から杉村が雫に声をかけた。

「おー、言われなくてもゆっくりしてくよ～。今日は泊まっちゃおうかなぁ～」

「バカ、あんた、ホントに空気読まないね」

「え、何が？」

「雫、明らかに落ち込んでたでしょ。会社で何かあったのよ、鈍感！」

パタン、と静かにドアを閉めた。

それだけで夕子たちの声は聞こえなくなる。冷え切った部屋の中、耳が痛くなるような静寂が雫を包んだ。

――会イ、タイ。

ふと凍えた胸に、そんな声が弱々しく聞こえた。

ぎゅっと心臓の位置を上から摑み、気持ちを無理矢理押し戻す。

こんなことを思ってはいけない。聖司は今頃、自分と違って頑張っているのだ。プロになって、結果を出して、どんどん前に進んでいる。

自分とは違う。

こんな風に、何もできていない自分とは。

十年前のあの日から、一歩も進めていない自分とは。

8

●　中学生・月島雫　●

ふああ、と思わず大きなあくびがこぼれた。

最近は毎日寝不足だ。授業が終わると同時にダッシュして家に帰り、机に向かっている。書きたい物語があふれて、あふれて、気を抜くと自分を追い越して先に進んでしまう。こうして廊下を歩いている今も、家に帰りたくてたまらない。

早く帰って、続きを。

あの大冒険の続きを書かないと。

「寝不足？」

隣を歩いていた夕子の心配そうな声に、雫は「えへへ」と笑った。

夕子は最高の親友だが、あまり本は読まない。雫が物語を書き始めた、と言ったら応援はしてくれるだろうが、読みたいとは言わないだろう。

「ちょっとね」

「そっか」

それだけで話を終わらせてくれる。

――じゃあ自分で書いてみればいいじゃん、物語。

「……っ」

不意に耳の奥によみがえった声に、雫はびくりと身じろぎした。

あの日……地球屋の二階で聖司に背中を押してもらった。

雫にとって、世界がまるごと変わってしまうような一言だったが、聖司にとってはどうだったのだろう。

（多分、何でもない一言）

そんなことを言ったことすら忘れているかもしれない。自分がどんなにすごいことを言ったのか。

（書いてるよ、って言ったら驚くかな。鼻で笑うかな。みんなに言いふらす……ことはしない。きっと）

そういう人ではないとわかってきた。

ドキドキと心臓が急にうるさく音を立てる。

聖司のことを考えただけなのに。

「……でさぁ、その時、あいつが……」

その時、廊下の角を曲がって聞き覚えのある声がした。友人と談笑しながら、聖司が歩いてくる。

立ち尽くす雫に気づいたのか、聖司がパッとこちらを見た。一瞬視線が絡み、彼が何かを言おうとする。

「――っ！」

その瞬間、とっさに身体が動いた。雫は夕子の腕を引っ張って、ちょうどドアが開いていた一室に飛び込んだ。

（なんで私、こんな……）

ただ聖司と目が合っただけなのに、先ほどよりももっと鼓動が激しくなった。うるさい、どころか痛いくらいだ。息もうまく吸えなくなった気がする。

「どうした月島、何か用か？」

その時、不思議そうに声をかけられ、雫はハッと我に返った。

教師陣が皆で雫の方を見ていた。夢中で飛び込んだ教室は職員室だったようだ。

「し、失礼しました！」

慌てて夕子の手を引いて廊下に飛び出す。急に職員室に引っ張り込まれたと思ったら、今度は廊下に引きずり出され、夕子が目を白黒させている。

そんな彼女を連れ、雫は衝動的に駆け出した。

向い原中学校の屋上は閑散としていた。昼休みになれば、ここも格好のランチスポットだが、一限目が始まる前の今は誰もいない。

「……で、なんか急に身体が動いちゃって」

雫はしどろもどろになりながら夕子に話した。

「顔を見たくなかった、とかじゃないのに、なんでこんな……。自分でもわからなくて」

「雫……」

「逃げちゃった。私、変だ」

思いつくままに打ち明けてから、奇妙な既視感に襲われた。

少し考えて、ああ、と思い当たる。

夏休み中、夕子も同じことをしていた。グラウンドから杉村が現れた時、彼女も一目散に逃げ出してしまったのだ。

あの時はあんな風に逃げ出す夕子の気持ちがよくわからなかった。顔を真っ赤にして、泣きそうだった夕子を慰めたいとは思ったけれど、なぜあんな顔をするのかはよくわからなかった。

……でも今はすごくわかる。

あの時の夕子はきっと、今の自分と同じ気持ちだったのだ。

「なんで私、なんで」

「そういうのを恋って言うんじゃないの？」

「そ、そうなのかな」

「だって天沢くんがいい人だってわかったんでしょ？　ずっとモヤモヤしてたけど背中押してくれた、なんて」

地球屋の二階で聖司から物語を書くように勧めてもらったことも夕子には話した。聖司がチェロを弾いていることは勝手に話していいかわからず、伏せておいたが。

「見え方が変わって当然だよ。そもそも誰かを好きになることに理由なんてないでしょ」

「でも嫌いだったんだもん、私……」

「見えなかっただけじゃない？　彼の良さが」

「でも……でもそんなのずるくない？　『急にあなたの良さがわかりました』なんて」

「自分の気持ちに正直になりなよ。……私もね。言ってみることにしたんだ、杉村に」

「えっ」

「友達でもいいって思ってたの。でもやっぱりダメで、心の中でどんどん大きくなって」

苦しくて、と夕子は笑った。泣き笑いのような顔だったが、雫が今まで見てきたどんな表情より、綺麗に見えた。

「だから、振られてもいいんだ。……だって好きなんだもん」

それから数日が過ぎた。

夕子は表向き、特に何も変化がないように見えた。杉村にいつ告白するのか、具体的なことは言わなかったが、した時はきっと話してくれるだろう。長い付き合いで、それははっきりわかる。

急《せ》かしたり、問いただしたりすることはやめようと決め、雫は自分のことに集中した。

聖司のことも気になるが、今は物語を書き上げるほうが先決だ。執筆は家で、と決めていたが、それではとても時間が足りず、休み時間を使ってノートにストーリーの続きを書くようになっていた。

そんなある日の昼休み、不意にクラスメイトから声をかけられた。

「おーい、月島」

「へ？　なーに」

「男の面会だぞーっ！」

その瞬間、教室内の喧噪《けんそう》がピタリとやんだ。全員の視線が雫と、教室のドア付近を行ったり来たりする。困惑しながら顔を上げた雫は、ドアの向こうに気まずそうに立っている聖司に気づき、ぎょっとした。

「……よう」

「や、やだ……！」

その反応を見たクラスメイトが、わっと歓声を上げた。

「ちょっと雫、三組の天沢くんじゃない！　あんたいつの間に」

「えっ、そんなんじゃ……」

「わーい、月島に男がいたぞーっ」

やいやいとはやしたててくる男子生徒に、カァッと赤面する。

「ちょっと！　そんなんじゃないから！」

クラスメイトたちに叫びながら、雫は夢中で教室を飛び出した。何か言いたそうな聖司の腕を掴み、一目散に廊下を駆け出す。

屋上はこの日も、運良く誰もいなかった。

普段ならば昼休みは生徒たちで賑《にぎ》わっているが、彼らはもう昼食を食べ終えたのだろう。

「何考えてんのよ、あんたって人はっ」

がらんとした屋上に安堵しつつ、雫はキッと聖司をにらんだ。にらんでいないと、まともに聖司の顔が見られない。きつい声を出さないと、声が震えてしまいそうだ。

「あ、あんなに人がいるところで、わざわざ呼び出さないでよ！」

「お前、少し自意識過剰じゃねぇの」

「なっ、な、なんで」

「大体お前が教室から出てくんのを待ち伏せしてるほうがよっぽど変だろ」

「うぅ」

それは確かにそうかもしれないが不公平だ。こっちはこんなに心臓がうるさいのに、聖司はいつも通り平然としているなんて。

「……で、何の用？」

「お前、最近変じゃない？」

「えっ？」

「この前も廊下ですれ違った時、急に避けたりさ」

う……、と雫は言葉に詰まった。

「最近、バロンにも会いに来ないし。……物語、書いてるんだろ？」

「……それは」

「書き終わったらさ。俺に読ませてよ」

「えっ⁉　やだよ、そんなの！」

「だって物語ってさ、誰かが読むためにあるんでしょ。俺が一番最初の読者になってやるよ。月島雫の物語」

なんて上から目線の発言だろう。照れ隠しなのか本気で言っているのかもわからない言い方に、雫は思わず笑ってしまった。

「はっはっは、それはどうかな。読んでくれる人の一人や二人や百人、普通に……」

「おっ、やっと笑った」

「え？」

「やっぱり月島は笑ってないとさ」

嬉しそうに微笑んだ聖司の笑顔に、雫は言葉をなくした。さっきまで普通に話せていたのに、心臓がまたうるさくなる。

（私が、元気ないと思って、声をかけてくれたのかな……）

廊下ですれ違っても避けるし、地球屋にも来ていないし、見かけても笑っていないし……それが気になって、わざわざ教室まで会いに来てくれたのだろうか。

——嬉しい。

不意にそう思った。あまりにも自然に胸に浮かんでしまったので、意地を張ったり気づかないふりをする暇すらないほどに。

聖司が心配してくれた。それだけのことだが、こんなにも嬉しい。

「うわ〜っ！」

「は？」

雫が何か言いかけた時、思いがけない方角から複数の悲鳴が上がった。聖司と同時に振り向くと、大勢のクラスメイトが屋上の扉付近で将棋倒しになっている。好奇心に駆られて雫たちの後をつけ、隠れて様子をうかがっていたのだろう。

大声で話しているわけではなかったので、会話の内容までは聞こえていないはずだ。それでもカッと頬が赤くなった。

「ちょっと、待ちなさい！」

真っ赤になったまま追いかけると、クラスメイトたちが慌てふためきながら逃げていく。

去り際に振り返ると、聖司はまだ雫の方を見て笑っていた。

（頑張ろう）

じわりとやる気が胸に湧いた。

待っていてくれる読者ができてしまった。

ならば何が何でも完成させないと。

その日から、今まで以上に慌ただしい日々が始まった。授業が終わると同時に学校を飛び出し、家に駆け戻る。食事や風呂、寝る時間を除いて、雫はずっと原稿に向かった。

原稿に向かっている間は時間の流れがどこかに飛んでいて、気づくと三時間も四時間も経っていることさえあった。

現実と、自分の書いている物語の境目が曖昧に溶けて一つになる。まるで自分がまるごと、物語の中に入っていくようだ。

雲を見ても、ゆったりと進む飛行船を見ても、頭の中は物語でいっぱいになっていた。


気づけば、十月になっていた。

雫は真っ赤なカーディガンを羽織り、全速力で通い慣れた道を駆けていた。

木々のアーチをくぐると、レンガ造りの洋館が見えてくる。ツタが生い茂る中、「地球屋」の看板が見えた。

ここに来るのもひと月ぶりくらいだが、あまり久しぶりという気はしない。なんだかずっとここに通っていたような気持ちだ。

「こんにちは！」

店内に飛び込んで声を張り上げると、階段下のスペースからおじいさんがひょっこりと顔を出した。息を切らしている雫を見て目を丸くしたものの、何も問いただすことなく、温かく迎えてくれる。

「はい、いらっしゃい」

「上、お邪魔します！」

聞き覚えのある音色が天井から降ってくるのを聴き、雫は階段を駆け上がった。ごゆっくり、と穏やかな声を背に受けながら階段を上ったところで、思わず足が止まった。

「………………」

黒いセーターを着た聖司がチェロを弾いている。くつろいだ表情で。

何の曲だろうと考えて耳をすまし……ハッと息を呑んだ。

「……あっ！」

一瞬、記憶の端をかすめた音がきっかけで、一気に正解にたどり着く。

「ああ、月島」

雫の来訪に気づき、手を止めた聖司を見つめた。そんな聖司を見て、雫は目を輝かせた。

「ねぇ、今の曲って」

「ああ、『翼をください』」

「合唱コンクールで歌った！」

「うん、いい曲だなぁって思って、自分なりにアレンジしたんだ」

「私も好き」

「だと思った」

さらりと告げられた一言に、ドキリとした。

「な、なんで？」

「だって俺ら、似てるじゃない」

「似てないよ！」

つい言い返してしまったが、何が面白かったのか聖司は明るく笑った。チェロを脇に置き、立ち上がる。

「今日はどうしたの？」

「書き終わったから」

できたの？　と目を丸くした聖司に頷き、雫は鞄を漁《あさ》った。聖司はもっと時間がかかると思っていたのだろうが、雫も自分で驚いている。ひと月ほど前、中学校の屋上で聖司に背中を押してもらった日から、物語を書く手が止まらなかったのだ。

「これ」

黒い紐《ひも》で右側を留めた、分厚い原稿用紙の束を差し出す。

聖司は丁寧に両手で受け取り、一番上の一枚を眩しそうな表情で見つめた。


――『バロンの物語』。


「ありがとう。俺が一番最初の読者か」

「だ、ダメだったらダメでいいの。面白くなかったら面白くないで」

予防線を張るように慌てて言ったが、聖司はただ笑うだけだ。

「わかった。しっかり読ませてもらうよ、月島の夢の第一歩」

「そんな大げさなものじゃないよ」

「月島、歌えるだろ」

「え?」

「……『翼をください』。歌ってよ、俺、弾くから」

雫の渡した原稿を大切に預かってテーブルに置き、聖司がチェロを抱えて座る。

「第一歩記念、行くよ」

スイ、と聖司が弦にチェロの弓を滑らせた。

震えるように優しく、低い音色が部屋を満たした。

9

● 二十五歳・月島雫 ●

休日の地球屋は朝からキラキラと輝いていた。

冬の澄んだ空気が骨董品《こっとうひん》を輝かせ、その上で踊っているようだ。

「おはようございます」

そっと店内に入る。なんとなく足音を立てるのも気が引けて、忍び足で奥まで進む。

店の奥の特等席に佇む猫の男爵人形を前に、雫は静かに視線を合わせた。

「また来ちゃいました」

バロンは応えない。エンゲルスツィマーの瞳も今日は輝くことなく、どこを見ているのかわからなかった。そのせいだろうか。バロンと目が合っていない気がする。

「…………」

小さくため息をついた時、落ち着いたチェロの音色が聴こえた。「彼」の音色とは違うが、足がそちらに向いてしまう。

階段を上がると、二階の部屋でおじいさんがチェロを弾いていた。雫もよく知っている『キラキラ星』だ。アレンジや変調をふんだんに取り入れているわけではなく、練習曲のように単調な構成。

聖司から以前、おじいさんはチェロ奏者だったと聞いたことがある。プロの演奏家が弾くには簡単すぎるが、だからこそ雫にもこれが何なのか、わかる気がした。

(きっと聖司くんが最初に習った曲だ)

たどたどしく、だが熱心に。

楽しそうに演奏する子供の頃の聖司が見える気がした。最初に雫が物語を書いた十年前と同じように、一生懸命に。

「おお、雫さん」

雫に気づき、おじいさんが振り返って笑う。彼の笑顔はこの十年間、少しも変わらない。雫が変わってしまっても、ずっと温かく迎えてくれる。

そんな彼の笑顔に、無性に泣きたくなってしまった。

「ああ……それは大変でしたね」

一階に雫を招き、おじいさんが同情したように嘆息した。

長ソファーに赤いダッフルコートとチェック柄のマフラーを置き、雫はこくりと頷いた。

担当作家の園村の信頼を失い、担当を外されてしまったこと。部長の堀内にきつく叱責されたこと。……その全てをおじいさんに話した。昔から何かあるたびに彼に話を聞いてもらっていたため、何でも話せる。

おじいさんは雫の話を途中で遮ることも叱ることもせず、ただ穏やかに頷きながら最後まで聞いてくれた。

「私、ホントに自分が嫌になっちゃって」

「なるほど」

おじいさんは自身で育てているハーブをちぎってポットに入れ、煮出したハーブティーを雫の前に置いた。ふわりと温かい湯気と共に、新鮮な香りが立ちのぼる。

「どうぞ。……部長さんのおっしゃることは正しい、と雫さんはご自分でわかっている。でもどうすればいいかわからないのですね……。話を聞いているだけで、つらそうだ。この三年間、ずっと頑張ってきたわけですものね」

「……私としては」

「そうですよねぇ。社会に出ると色々なしがらみがあるんですよね。何かが起きた時、こうすればいい、なんて一言で言えることはほとんどないように思います」

「カラオケとか海に行って大声で叫ぶとか……何かしたらまた元気になれますかね」

「それで心の音は取り戻せそうですか？」

「うーん……どうなんでしょう」

自分で言っておいて、あまりピンとこなかった。ただ少し前に話した「心の音」の話をおじいさんが覚えていてくれたことは素直に嬉しかった。

中学生の頃、バロンを見るたびに眩しい音が聞こえていた、と打ち明けた雫に、彼は「それって雫さんの心の音ですかね？」と尋ねた。あの時は曖昧にはぐらかしたが、今でもはっきりしたことは言えない。

もう長い間、あの「音」を聞いていない。聞こえない時期が長すぎて、どんな音だったのかも思い出せない。

「雫さん、あなたの心の中に水が溜まっている。……そう考えたらどうでしょう？」

「水、ですか？」

突然言われた言葉に雫は目を丸くした。

おじいさんはとっておきの秘密を打ち明けるように声を潜め、

「そう、子供の頃はね。とても澄んだ、綺麗な水なんですよ。……で、成長するに従って、飛んだり跳ねたり、色々形を変えます。そして色々な経験をし、知識を得て水に色がついてくる。でも大人になると、周りの環境とか状況とかしがらみなんかにギューッと潰されていって、その水が氷になって、凍って固まってしまうんです。そうなるとほら、聞こえていた音がいつの間にか聞こえなくなる」

ゆっくりと、寝物語を語るような穏やかな声が雫の体内に染み入ってくる。

想像してみた。自分の中に満ちていた、地底湖のような大切な湖がゆっくりと色をつけていくところを。

最初はきっと青やピンク、黄色だった。

それが少しずつ混ざり合って、オレンジになり緑になり、もっともっと混ざって、やがてくすんで濁った色になる。

その状態で今度はゆっくりゆっくり、端から凍っていき……気づけば地底湖は濁った永久凍土のようになっていたとしたら。

（眩しい音なんて、聞こえるわけない……）

凍った氷の表面に水が跳ねることはあるだろう。ただそれは氷の内部を揺らすことなく、湖面で跳ねて霧散してしまう。霧のように小さな水の粒はそのまま力なく積もり、霜になって心の地底湖をさらに冷やしているのかもしれない。

「固まってしまった水を溶かすにはどうすればいいんですか？」

途方に暮れた気持ちで尋ねると、おじいさんはふっと微笑んだ。

「心の声を聞けばいいんですよ。心は自分を映す鏡です。自分はどうしたいんだ？　って心に聞けば、心の声は返ってきます」

「心の声？」

「そう。こうやって……」

おじいさんは左右の手を両耳に当てた。手のひらを集音器に見立て、慎重に音を聞くように。

「こうやってね、耳をすますんです」

「耳をすます……」

「そうすると凍り付いていた固まりを溶かして、心の声が聞こえてくる……かもしれません」

その曖昧さに雫は拍子抜けした。

「かもしれない、って、おじいさん……」

「たとえ話ですよ」

「もう」

「でもね、昔から胸に手を当てて、よーく考えてごらんなさいとか言うでしょ」

おじいさんは穏やかに微笑んだまま、自分の胸に手を当てた。雫もつられて、真似てみる。トクトクと一定の速度で響く鼓動を感じた。

「はい」

「答えは心の中にある。昔から人間がそうやって思って、ずっと生きてきたってところに何か根拠があるんじゃないですかね」

「そうですね……」

耳をすましてみる。

「シー、シー……」

集中を促すようにおじいさんが静かに息を吐いた。雫もゆっくり目を閉じ、耳に手を当てた。

「シー……」

聞こえるのは、決まって「あの頃」の音だった。

● 中学生・月島雫 ●

杉宮中央図書館の内扉を出たところで、雫はハッと息を呑んだ。通路の先、出入り口付近のエントランスに見慣れた少年が立っている。

外はいつの間にか雨が降っていたようで、湿った空気が通路にも流れ込んでいた。雨音で他の雑音がかき消され、静謐《せいひつ》な雰囲気だ。電灯も消えているため辺りは薄暗く、後ろを向いている少年の影しか見えない。それにもかかわらず、雫は一瞬で誰だかわかった。

「天沢くん」

そっと声をかけると、少年がこちらを振り向いた。

図書館に本を借りに来たのかと思ったが、どうやらそうではないらしい。聖司は館内に入ることなく、まっすぐ雫の前まで歩いてくる。

「これ、読んだよ」

原稿用紙の束を手渡され、雫の心臓が大きく跳ねた。

(もう読んでくれたんだ)

一ヶ月以上かけて、生まれて初めて書いた『バロンの物語』を聖司に渡したのは三日ほど前のことだ。あれから今日まで、正直全く落ち着かなかった。何をしてもそわそわしてしまって、何も手につかなくて、時間がとてつもなくゆっくり流れている気がした。そんな心境に耐えきれず、図書館に来たのだ。本を読むことでそれ以外のことをつかの間忘れられたのだが、聖司に差し出された原稿を見た瞬間、一気に気持ちが戻ってしまった。

「だ、ダメだったでしょ」

真っ先に感じたのは恐怖だった。つまらなかったかもしれない、という。

つまらなかったらそう言ってくれていい、と聖司に伝えたものの、本当に言われると思ったら不安でうろたえた。

「自分でもわかってる。初めて書いたけど、すごく難しくて、全然言葉が出てこなくて」

「月島」

「頭ではちゃんと想像できてるのに、どうやって表現したらいいのかわからないことばっかり。今までたくさん本を読んできたのに、自分で書くと全然違ってて」

「月島」

「わかってる。ちゃんと自分でもわかってるの。幼稚でボロボロな文章だって。読んでくれてありがとう、でも」

「素晴らしかったよ」

「……え？」

聖司の呼びかけを遮るように、一気にまくし立てていた雫はぽかんとした。驚いて顔を上げると、聖司と目が合う。雫に気を遣って、思ってもいないお世辞を言っているようには見えない。聖司の目には抑えた興奮と感動があり、まっすぐ雫を見つめていた。

「まだまだ未完成だけど、月島のまっすぐさが伝わってきた」

「……うそでしょ？」

「ほんと。ひとりぼっちだったバロンに彼女が現れるところなんて最高だった」

「ありがとう」

聖司が挙げたシーンは雫が一番書きたかった箇所だった。

地球屋でバロンの話を聞いてから……対になる恋人の人形を待ち続けているのだと聞いた時から、どうしても会わせてあげたかった。

「才能あるから続けなよ。月島にはもっと物語が書けると思う」

「……うん」

「俺もさ。月島に刺激されて、父親に話したんだ。チェロがやりたいって」

以前、彼が少し話してくれたことだ。息子を医者にしたい親がチェロを続けることに反対していると言っていた。

「どうだったの？」

「そんなにやりたいなら徹底的にやってみろって」

「話したらわかってくれたんだ⁉」

「月島の物語を読んだからだよ。やりたいことがあると、人はこんなにすごい力を出せるのかって驚いて……でもすごく勇気づけられた。多分今までの俺だったら、話を切り出すことも難しかったと思う」

くすぐったい気持ちではにかんだ雫を見て、聖司は一瞬目を細めた。図書館の外はどんどん雨脚が強くなっていたが、まるで真夏の太陽を見上げた時のように眩しそうに。

「そう」

「よかったじゃない」

「うん。それで来年から俺、イタリアに行くことになった」

「えっ……」

「おじいちゃんの知り合いに有名なチェリストがいて。……まぁ、その先生に受け入れてもらえるかはまだわからないんだけど、やれることは全部やってみたいと思ってさ」

「………」

どう答えていいか、わからなかった。

聖司が夢に向かって大きく足を踏み出したのだから応援しなければ、と思うのに、急に足から力が抜けてしまったようだ。自分でも意外なほどショックを受け、思考がまとまらなくなってしまう。

ぼんやりしながら、気づくと図書館の玄関を出て、空を見上げていた。ザァザァと音を立てて降り続いている雨を見上げ、より一層重苦しい気分になる。いっそ濡《ぬ》れて帰りたい気分だ。

「あれ、傘は？」

自分の持っていた傘を開きながら、聖司が尋ねてくる。雫はうつむいたまま、首を振った。

「忘れた」

「じゃあ駅まで入ってく？」

「いい。雨がやむの、待って帰るから」

「やまないよ」

「やむ！」

「あっそう、じゃあ」

頑固な雫に呆れたように肩をすくめ、聖司は一人で歩き出した。激しく降りしきる雨のカーテンがあっという間に聖司の姿を覆い隠し、見えなくしてしまう。

「本当に帰っちゃったよ」

一人で図書館の玄関先に取り残され、雫はため息をついた。

まるで今後の自分たちを暗示しているようだ。夢を叶えるため、聖司はイタリアに行く。激しい雨ものともせず、どんどん前に進んでいく。

そんな彼を見送り、自分は一歩も動けない。置いていかれる。取り残される。

「……っ」

嫌だ、と反射的に思った。

それに自分だって、立ち止まったままじゃない。ちゃんと初めての物語は書ききったし、聖司は面白いと言ってくれた。

（才能があるから続けろって）

それは物語を最後まで書いた雫に対するリップサービスかもしれないし、特に根拠のない言葉だったのかもしれない。

それでも雫の物語で勇気づけられて両親に直談判《じかだんぱん》した聖司のように、雫も聖司からもらった言葉がとても嬉しかった。

これからも書きたい。ずっと書き続けたい。そのためなら、こんな土砂降りなんて全然たいしたことない。

「しょうがないか！」

持っていた鞄を頭の上にかざし、意を決して雨の中に飛び出した時だった。

「え……」

バララッと激しく鞄に当たった雨音が次の瞬間、かき消えた。一瞬だけ激しく腕や肩を濡らした雨の感触もない。

驚いて顔を上げると、雫の頭上に傘を差し出している聖司と目が合った。帰ったフリをして、戻ってきてくれたらしい。

「お前、素直じゃないねぇ～」

からかうように笑われ、雫は思わずうなった。こんな子供じみたいたずらをするなんて文句の一つも言ってやりたい。……でも嬉しい。聖司が戻ってきてくれたことが、こんなにも。

「性格ですからっ」

聖司から傘を奪い取り、歩き出す。

後ろから慌てたように聖司が駆け寄り、身をかがめて傘の中に入った。

「おい、それ俺の傘だぞ」

「知ってますっ」

「ありがとう、ぐらい言えよ」

「ありがとうございますっ。……私が持つ」

「いや、いい」

一瞬の隙をついて雫から傘の柄を取り返した聖司が楽しそうに笑った。

笑うなんて卑怯《ひきょう》だ。それだけで張り合おうとする気がスッと溶けてしまう。

(傘、こっちに向けてくれてる)

何でもない風を装って、聖司は雫の方に傘を差し出してくれていた。そのせいで反対側の肩が濡れているが、気にする様子はない。

その優しさに、また胸が苦しくなった。

できるだけ聖司が濡れないよう、彼に近づく。離れてしまうかと思ったが、聖司はそのまま雫を受け止めるようにして歩いた。

……好きだな、と改めて思った。

イタリアに行ってしまうと聞かされたばかりだが、それでも。

● 二十五歳・月島雫 ●

図書館から出たところで雨が降っていることに気づき、雫は空を見上げた。十年前は十月で、雨が降っていても凍えるほどではなかった気がする。むしろ温かかったような気もするが、こちらは単なる記憶違いだろう。十月の雨が温かいはずがない。おそらく、聖司と相合い傘で帰ることになり、知らず知らず体温が上がっていたのだろう。

だが今は違う。

十年という年月が過ぎたこともあるし、今は真冬だ。身を切るほどに冷たい風雨を見ているだけで、どんどん身体が凍えていく。

今日は休日だが、明日からはまた仕事がある。ここで風邪を引いては大ごとだ。

「この後、作ろうかなって」

雫と入れ違いに、中学生の男女が寄り添いながら図書館に入った。

「ハンバーグ?」

「うん、作ろうかなって」

「作れんの?」

「うーん、多分。ふふふ」

「ちょっと心配なんだけど」

学生たちは他愛のない会話を交わしている。人生を決定づけるような重要さも深刻さもなく、明日には忘れてしまいそうな日常会話だ。

だが二人はとても楽しそうだった。一日中一緒に過ごして、同じものを食べて、何気ない会話を交わすことが何よりも幸せなのだろう。

彼らは正しい。少なくとも、今の雫よりはよっぽど。

「…………」

気づくと、ふらりと雨の中に踏み出していた。傘がないため、頭に、肩に、冷たい雨粒が当たる。

最寄り駅に着いた頃、雨脚はさらに強くなり、街を行き交う人は皆傘を差していた。途中のコンビニエンスストアで傘を買うこともできただろうに、なぜかそのことが頭から飛んでいた。そんなことより、他のことがぐるぐると頭の中を駆け巡る。

うまく行かなかった仕事、園村や津田たちに言われた言葉、新人賞で落選続きの投稿作品……。

自分は一体何をしているのだろう。何でこんなに、何もかもうまくいかないのだろう。

そうしたふがいなさに押しつぶされそうになる。

……頑張っているつもりだ。いつもいつも自分ができることを限界まで。

でもその結果が今の悲惨な現状ならば、自分は何か間違っているのではないだろうか。

（……間違ってる、のかな）

思わず足が止まってしまった。

冷たい雨の中で立ち尽くしてしまうと、再び歩き出す気力がどんどん流れ出てしまうようだ。もう一歩も動けない、と思ったときだ。

――耳をすますんです。

ふと、地球屋でおじいさんの言った言葉が脳裏をよぎった。

――そうすると凍り付いていた固まりを溶かして、心の声が聞こえてくる……かもしれません。

「耳をすます……」

雨音にかき消されないよう、自分の心に集中する。

トクン、トクン、と鳴る心臓が一番訴えかけている声を。

「……っ」

ほんのかすか、かき消えるようなほどの小ささで、なにかが「聞こえた」気がした。本当にこれがあっているかどうかはわからない。自分でも自信がない。走って走って走って……家に着いた時、雫は全身濡れそぼっていた。

厚手のコートとマフラーをしっかり身につけていたものの、雨はその下まで浸透し、全身が凍り付いたように冷え切っている。

ハァハァと息を切らしながら玄関を開けると、驚いた夕子と杉村が駆け寄ってきた。

「お帰り～……って、どうしたんだよ、月島！」

彼は今日も結婚式の打ち合わせできていたらしい。最近はもう、三人でルームシェアしているのかと思うほど、しょっちゅう遊びに来ている。

「いやぁ、傘忘れちゃって」

「雫、先にお風呂入んなよ」

心配そうな顔の夕子に頷き、雫はバスルームに向かった。

湯船にじっくり身を浸し、ようやく全身が温まった。冷凍された魚のような気分だったが、鍋の中でゆっくり煮えたカニのような気分に変わる。淡い色のパーカーに着替えてリビングに向かうと、夕子と杉村が皿を並べているところだった。

ローテーブルの真ん中では豆乳鍋がクツクツと煮えている。白い湯気と甘い豆乳の香りが室内を満たし、絵に描いたような「団欒《だんらん》」風景を作り出していた。誘われるままに雫も、夕子たちとビールで乾杯する。

「やっぱうまいなぁ～、みんなで飲む酒は！」

杉村が明るく声を上げた。普段以上に明るい声だ。多分、さすがの杉村も雫のただならぬ様子を察して、気遣ってくれているのだろう。

それがわかるものの、まだ彼に応じる気力が湧かなかった。

ぎこちなく笑顔を作り、雫は両手を合わせる。

「いただきます」

「やっぱり冬は鍋だよな、鍋！」

「………」

杉村が明るく振る舞ってくれているのはわかったが、それにのっかってはしゃぐ気力は残っていなかった。黙々と豆乳鍋を口に運んでいると、夕子が心配そうに尋ねた。

「今日はどうしてたの？」

「うん、ちょっと実家の方に」

「地球屋？」

長い付き合いだ。一緒に行ったことはないが、夕子にもその存在は話している。夕子から話を聞いたのか、杉村も話に乗ってきた。

「そこに行くと、なんか元気もらえるんだろ？　その、創作意欲というか。すごいよな」

「まぁね～」

「雫にとってのルーツだからね」

「ルーツねぇ。天沢との思い出の場所なんだろ」

そんなことまで夕子は杉村に話していたらしい。

……そうだとも言えるし、それが全てでもない。

チェロを弾く聖司と出会った。初めて書いた物語を渡した。聖司の伴奏で『翼をください』を歌った。

（聖司くんとの思い出もいっぱいあるけど……）

「それだけじゃないんだよね～」

雫の心を読んだように夕子が笑った。そこまでは聞いていなかったのか、杉村が俄然《がぜん》、興味を引かれたような顔をする。

「なになに？　他に何があんの？」

「あんたは知らなくてよし」

「いいじゃんか～。教えてよ！」

甘えたように二人にねだってくる杉村に雫は苦笑した。中学時代はどちらかというと鈍感で大雑把なスポーツマンだったが、十年経った杉村は時折気遣いやかわいらしい一面をのぞかせる。全て夕子と共にいて養われたものなのだろう。

「地球屋には私が初めて書いた物語の主人公で、猫の男爵のバロンっていう人形がいるの」

「へぇ～、じゃあ月島の夢が始まったトコだ」

「まぁ、そうなんだけど……」

「何？　どうしたの？」

杉村と夕子に同じような顔で見つめられ、雫は思わず顔を伏せた。今日地球屋に行ってから……いや、本当はここ数年、ずっと頭の片隅にあったことだ。

「地球屋に行って、もう十年経つんだなーって思ったら、やっぱりね。なんか、このまま夢を追い続けてていいのかなぁって考えちゃった」

「いいんじゃない、月島は月島で」

「そうも言ってられないよ。もう二十五だし、そろそろ現実見ないといけないんだろうなぁって思うわけ。あなたたちも結婚するし」

「それは……」

何か言おうとして夕子は黙った。雫の言葉の重みを察し、適当なことは言えないと思ったのだろう。

逆に、杉村はわかりやすくがっかりした顔をする。

「夢、諦めるってこと?」

「……だってさ、才能ってあると思うんだよね」

「そんな〜」

「……つらくなったら、諦めてもいいんじゃない?」

静かに夕子が言った。ずっと走り続けてきた雫を一番隣で見てきた親友だ。その声はただただ優しい。

「雫が納得できるなら、それが一番」

「えっ、夕子までなんでそんな……!　俺はさ、夢もって生きてる月島と天沢に憧れてんだよ」

「聖司くんと私じゃ全然違うよ」

「夢に違いはないだろ。このご時世、ずっと夢を持ってられる奴のほうが少ないじゃん」

杉村はなぜか必死に言った。

「俺、中学の頃はマジで野球選手になろうとしてたんだぜ。万年補欠で、中三の最後の夏にやっとレギュラーになれた程度で……。高校でもそこそこ全力で頑張ってたけど、その時にはもう『あ、プロにはなれねぇな』ってわかっちゃってさ」

「そうだったんだ」

「でも周りを見ても、そういう奴らばっかだよ。みんなどっかで自分の限界はここだってわかって、その手前で足を止めて、もっと楽な道に進むの。でも月島は違うじゃん」

「……違わないよ」

雫はぎゅっと唇をかみしめた。

「違うって。月島も天沢も、最初からずっとブレてねえじゃん。夢見つけて、夢追いかけて、何度壁にぶち当たってもめげないで……。ここまで頑張ってきたんだから、今やめたら後悔するんじゃねぇの？　そんな簡単に夢諦めんなよ」

「夢、夢って、もう自分にもわからないよ！」

「えっ」

突然声を荒らげた雫に、杉村と夕子が同時に目を丸くした。

久しぶりに感情が動いた気がして、雫自身もうろたえた。ずっと心が死んでしまったように動かなくなっていて、いつもぼんやりしていて、うっすら指先は冷たいままで。

こうして怒鳴ること自体、数ヶ月どころか数年ぶりだ。

正直、あまり楽しいものではない。ただそれでも一度口をついて出た感情が止まらなかった。

「石の上にも三年とか言うけどさ。もう十年だよ！　十年やってきて、作家でもなければ、新人賞受賞者でもない……何者でもない、ただの投稿者のままでさ。就職するしかなくなって、したらしたで会社で失敗して、担当作家の先生の信頼失って、担当変えられて、後輩にも迷惑かけて、先輩には呆れられて、上司には怒鳴られて……」

「つ、月島」

「どうしようって一番相談したい相手は遠くにいて、会いたい時に会えないし、声も聞けないし、表情なんてもう思い出せない！　写真や手紙や電話じゃ遠いよ……。そんな関係がもう十年だよ。自分がこの先どうすればいいか、わからないよ！　地球屋に行ってみても、あるのは思い出ばっかりで……っ」

……ああ、自分はそれがきついのだ、と感情のままに喋って、ようやくわかった。

初めて地球屋に行った日。

初めて聖司のチェロを聴いた日。

初めてバロンの逸話や彼の瞳の秘密を教えてもらった日。

初めて書いた物語を、初めて聖司に渡した日。

雫の「初めて」は全て十年前に終えていた。中学三年生の夏から秋までの時期は人生全てを凝縮したように濃密だった。

三月、卒業と同時に聖司はイタリアに旅立ち、一度も帰国していない。会えないのだから、新たな思い出も存在しない。この十年間、何回も何十回も……何百、何千と当時の思い出を思い出して頑張ってきたが、それももう限界だ。

昔は現実に殴られても、すぐに起き上がれたのに、最近はそれができない。一つ一つに傷つき、立ち止まり、途方に暮れてしまうばかりだ。

「迷った時、結局決めるのは自分だってわかってる。地球屋に行っちゃうのも結局は自分が弱いからだし、しっかりしないとって……。そんなことわかってるけど、わからないんだよ。自分がどうすればいいか、そんな簡単に答えなんて出ないんだよ。仕事も恋愛も、わかんないことばっかりで……！」

「出てるんじゃない？　答え」

「夕子？」

感情のままに言葉を吐き出していた雫は思わず顔を上げた。

雫の話をしっかり聞き、その上で夕子は雫の手を優しく取った。

「天沢くんに会いに行くんでしょ？」

「――うん」

気づけば素直に頷いていた。自分でも無意識に考えていたことが夕子の言葉で確かなものになったような感覚だ。

心の奥で、雫の本心はずっと「それ」を訴えていたのだろう。

「会いたい。……思い出だけじゃ苦しいよ」

「それが一番いいよ」

「そうだなーっ。うん、それがいい！」

杉村もにかっと笑って頷いた。

彼らの笑顔に励まされ、雫は久しぶりに大きく息を吐けた。


外に出ると、いつの間にか雨はやんでいた。

夕子とルームシェアしている家の近くに電話ボックスがある。凍てつくような冬の夜、雫は電話ボックスに入り、テレフォンカードを差し込み口に挿入した。

日本とイタリアの時差は七時間だ。夜九時を回っている今、ローマでは午後二時過ぎだろう。

すでに暗記している番号をプッシュする。数コール後、静かに電話がつながった。

『プロント』

イタリア語で「もしもし」を意味する言葉だ。

冷たいようにも聞こえる、冷静な声音。だがその奥にとても温かい優しさと情熱がこもっていることを雫はよく知っている。

「あっ、もしもし」

『雫⁉　どうしたの？』

遠い空の下、聖司の驚く顔が目に浮かぶ。この選択が正しいのかどうか一瞬ひるんだが、雫は怖じ気づきそうな気持ちを奮い立たせ、受話器をぎゅっと握りしめた。

「来週、そっち行くことにした」

「えっ、ホントに⁉　仕事？」

聖司の声が弾むように一段高くなる。それに気づき、雫の胸まで温かくなった。

「いや……聖司くんに会いたくて」

「……仕事は大丈夫なの？」

出版社に就職したことや、児童書編集部で働いていること、毎日忙しいことは手紙で聖司にも伝えていた。そのため、彼も真っ先にそこを気にしてくれたのだろう。

最近の不調さを思い出してワンテンポ遅れてしまったが、雫はなんとか笑った。

「うん、大丈夫」

その声音で何かを察してくれたのだろう。聖司はそれ以上尋ねることはなかった。

「何曜日？」

「会社にまだ伝えてないから、わからないんだけど……」

「わかった。決まったら連絡して。あ、観光とかする？」

「もし休めたとしてもそんなに長くは無理だから、観光はしなくていいかな」

「了解。楽しみにしてる」

「うん、私も」

一言一言、言葉を渡し合うようにして受話器から聞こえてくる聖司の声に耳をすます。会話が途切れても、なかなか受話器を置く気になれない。聖司も切ろうとはしない。かすかに聞こえる穏やかな息づかいから、聖司もこの瞬間をかけがえのないものだと感じてくれているのだと伝わってくる。

それでも、公衆電話に差し込んだテレフォンカードの残数はどんどん減っていった。このままではもうすぐ、強制的に電話が切れてしまうだろう。

「あ……じゃあね」

「あぁ」

「……おやすみ」

「おやすみ」

ささやくように告げられた声を聞き、雫は意を決して電話を切った。

ピピッ、ピピッ、と音を立て、公衆電話から出てきたテレフォンカードを回収する。

その瞬間、凍るような寒さを思い出し、雫は身震いした。聖司の声を聞いている間は寒さなど、全く感じなかったのに。

（休めるかな）

少し不安になるが、そんな自分を奮い立たせる。

直前でひるまないよう、まず聖司に電話をかけたのだ。楽しみにしてる、と言ってくれた彼の言葉があれば、自分はいくらでも頑張れる。

「よし」

グッと拳を握りしめ、雫は電話ボックスから出た。

翌日、雫は部長の堀内に有給休暇届を差し出した。堀内はじろりとそれを一瞥しただけで、受け取ろうともしない。代わりにドーベルマンが威嚇《いかく》するように、喉の奥から低くうめいた。

「有給休暇ってどういうことだ」

「自分を見つめ直す時間が必要だと思いまして」

心配そうな津田と高木の視線が背中に突き刺さる。少し前、一日有給休暇を取っただけでも散々文句を言われたのだ。それからひと月も経たないうちに連休の申請をするなんて、何が起きるか、想像もできない。

堀内は探るような視線で雫を見つめた。そのこめかみがピクピクと痙攣《けいれん》している。

「ふーん、自分を見つめ直す、ね。月島、会社辞める気か？」

「いえ、ただ覚悟はしています」

「認められないね」

「そんな」

「ただでさえ人が少ない部署で休んだら、みんなに迷惑かけるって思わない？」

「………」

「前回も今回もお前だけだよ、こんなの。そういうのを自分勝手、自分本位って言うんだよ。自分見つめ直す前に周りのこと考えろ！」

堀内の中で、雫はとにかくイレギュラーな存在なのだと痛感した。

堀内にとって、会社員とは命がけで会社に尽くすものなのだ。有給休暇を取ったり、定時で退社することは会社に対する「裏切り」であり、その社員の怠慢だ。

上司に意見を言う社員は「反抗的」だし、結果を出せない社員は理由を問わず「無能」。元気がなくなれば「やる気がない」し、萎縮して意見が言えない者は「自主性がない」。

堀内はそうやって社員を切り捨てながら、これまで生きてきたのだろう。

彼はきっともう変わらない。本音でぶつかって理解してもらおうと思っても、その努力は無駄に終わるだろう。

「じゃあ」

「あ？」

「じゃあ私……この会社」

「ぶ、部長！」

その時、背後から焦った声がした。

わたわたと慌てふためきながら、高木が近づいてくる。

「つ、月島さんの分は僕が全部フォローしますんで休暇届、認めてあげてもらえませんか？」

「あ？　お前が？」

「月島さん、ここんとこ色々ありましたし、リフレッシュって大事だと思うんですよ。そうやって気分転換して、また一緒に働く！　それが会社にとっても一番イイんじゃないかな〜って……」

「高木、お前、何年目だっけ？」

「一年目です！」

「月島の分全部フォローするなんて能力、お前にあったっけ？」

「あっ！　ないかもしれませんけど〜、でも頑張ります！」

「お前さぁ……」

堀内の怒気がグッと強まった。

怒りの矛先が高木に向きそうになり、雫は焦る。

堀内は部下全員に高圧的だが、一度激高してしまうと男性相手のほうが容赦ない。机を殴ったり、ロッカーを蹴りつけたりして威嚇することもあるほどだ。

それを覚悟して割って入ったのか、高木は顔を引きつらせながらも踏みとどまっていた。だが彼にそこまで迷惑はかけられない。

（これはもう、本当に辞表を……）

「部長、忌引ってことでいいんじゃないですか？　身内に不幸があったってことで」

その時、自席に座ったままの津田が言った。心配そうに様子をうかがっていた視線は感じていたが、彼女の声はいつも通り落ち着いている。

そのおかげで堀内にも冷静さが戻ったのだろう。彼は気まずそうに何度か咳払《せきばら》いをし、困ったように津田に向き直った。

「津田さん、そんなね……」

「まぁ、実際に忌引を使っちゃうと制度的に問題ありそうですけど、気分的なものとして。身内に不幸があったら、みんなでフォローし合うのが社会人として正しい姿勢でしょう？」

「いや、それは」

「月島が言いかけた言葉、単なる脅しだって思ってます？　あれ、本気の声でしたよ。私、もう何回もああいう声で辞表出す子を見送ってきたので」

「ぐぅ……」

「それに、ただでさえ人が少ない部署で、社員に辞められたら一番困るのは誰ですか？」

津田がちらりと流し目を送った途端、堀内が黙り込んだ。

「会社は当然、原因を探すでしょうね。部長の声は大変大きいので～、何度か私、他部署の同僚から聞かれたこともあるんですよ。『そっちの部署、大丈夫なの？』って」

「……それは」

「仕事熱心で教育熱心。多分上の方々にはそう思われていると思いますが、さすがに部下が辞めてしまうと……。部下に辞められたら、我々の査定にも響きますし、ねぇ」

「……ま、まぁそうだ。社員だけじゃなく、俺の家族にまで迷惑はかけられないしな。月島ごときのために」

急に汗をかき始め、堀内はせかせかした動作で雫から休暇届を受け取った。「もういいよ」と顔も向けずに言う。有給休暇を認めるということだろう。

入社してから三年間、雫はこんな様子の堀内を見たことがない。いつも傍若無人で高圧的。何も恐れない男だと思っていたが、まさか「査定」が彼の弱点だったとは。

「ありがとうございます」

「よかったですね」

高木がニコニコと笑った。途端に堀内から怒号が飛ぶ。

「おい高木、ヘラヘラしてんな。お前、言ったこと忘れるなよ！」

「あっ、はい！」

「……ごめんね。ありがとう」

「いや、いいんすよ、そんな」

高木は不思議だ、と改めて雫は思った。

雫が入社一年目の時はとにかく自分のことで精一杯で、周りを見る余裕なんて全くなかった。ミスしないように、他人に迷惑をかけないように、とがむしゃらに働く一方で視野は狭く、誰かを思いやって行動した記憶すらない。

だが高木はいつもひょうひょうとしている。何かしら目的を持って出版社に就職したのだろうが、仕事に対する強い執着はあまりなく、だからといってやる気がないわけでもない。「イマドキ」の若者はこうなのだと言われれば、納得できる気もするが……。

「俺、月島さんのファンなんで〜」

「へ？」

雫の視線に気づいたのか、高木はにやっと笑った。ただ雫が尋ねても、詳しいことは話してくれない。

困惑しつつ、雫は津田にも頭を下げた。

「津田さんも、ありがとうございました」

「月島の抱えてる仕事、全部高木くんに引き継いどいて」

「はい」

口添えはしてくれたが、雫の仕事を高木と分担することはしないらしい。津田の優先順位はわかりやすい。まず「自分」。次に「担当作家」。それ以外は有象無象だ。

「ディカプリオが言ってたよ、人生は贈り物だって。それを無駄にするようなことはしないって」

「はぁ……」

「休むからには自分の人生、ちゃんと見つめ直しなさい」

名作映画『タイタニック』で主人公の青年が言った一言を引用し、津田が笑う。彼女が『タイタニック』を何度も観るほど大好きなのは身分違いのラブロマンスに胸焦がれたわけではなく、この考え方に共感したからなのかもしれない。人生は一度きりの贈り物なのだから、やりたいことを精一杯やるのだ、という。

それは確かにいつも自分のやるべきことをしっかりと見据えている津田の信条そのものなのだ。

「はい、ありがとうございます」

彼らの気遣いに応えられるだろうか。

わからないが、とにかく一歩踏み出さなければ。

きっとその先に自分の進む道が見えてくる。

10

● 二十五歳・月島雫 ●

現地に降り立った瞬間、雫は大きく目を見張った。

日本からイタリアのローマにある国際空港までは優に十二時間を超すフライトだった。そこから直行バスに乗り、ようやく目的地に着いたが、目の前に広がる光景も、辺りに漂う空気も雫が今まで慣れ親しんできた地元とは全く違う。

レンガ造りの建物や橋が建ち、カフェの前にはかわいらしい形のパラソルが置かれている。屋台からは食欲をそそるスパイシーな香りが漂い、冬場だが移動花屋では色とりどりの花が売られている。

初めてくる土地の、初めて見る景色だというのに、なぜか強烈な懐かしさを覚えた。一体なぜなのかと考え、雫はハッとする。

「ファンタジー小説に迷い込んだみたい……」

昔から大好きだった児童書には海外翻訳物も多かった。登場人物たちの暮らしや価値観は当然作家の体験や思想に委ねられる。食事も文化も雫には未知のものが多く、ますます想像力を刺激されたものだった。

こうして現地に来なければわからなかった。この地に来た今、これまで読んだ物語がより一層リアルに想像できそうだ。

「……って、今回はそれどころじゃないんだ」

大きなスーツケースを押しながら、雫は目的地を目指した。

冬のイタリアは常に曇天で、気温は平均して六度くらいだとガイドブックに書いてあった。そのため普段から着ている赤いダッフルコートやマフラーの他に、ポンポンのついた毛糸の帽子もかぶってきたが正解だったようだ。雫の暮らす向い原の街は一月でも晴れ間はのぞくし、十度付近まで気温が上がることもある。そのイメージで旅に出ていたら、今になって寒さに凍えるところだった。

まずは予約していたホテルに向かう。そこに大きな荷物は預け、ショルダーバッグ一つだけ持つと、今度は地図とメモを見ながら歩いた。

――カザルススタジオ。

そこが聖司の活動している場所らしい。

スペインの有名なチェロ奏者パブロ・カザルスが名付けの由来なのだろうか。そこを活動拠点に選んだ聖司の覚悟のほどがうかがえる。

スタジオと名付けられているが、敷地内は広々とした博物館のような作りになっていた。屋外に作られた渡り廊下にはアーチ状の屋根が設置され、建物に沿って細い石段が作られている。機能美よりも華やかさや雰囲気を優先させたような印象だ。曲線を多用した敷地内の光景は遊び心満載の妖精が建てたファンタジー世界の建物にも思えてくる。物珍しげにあちこちをキョロキョロと見ながら歩いていた時、雫の目がすうっとある一点に吸い寄せられた。自分でも最初、何が気になったのかわからなかった。ジッと見つめ、次の瞬間、息を呑む。

聖司だ。

楽団仲間らしい三人の男女に囲まれながら、聖司が階段を下りてくる。ずいぶん距離があったので、最初は米粒程度の大きさだったが、それでも見間違いようがない。

聖司が動いている。そんな当たり前のことに感極まり、泣きそうになった。

手紙は読み返せるが、声が聞こえない。

電話は声が聞けるが、後には残らない。

写真は容姿がわかるが、動かない。

聖司と近況報告してきた十年間、どこか「欠けた」ものばかりをお互いに交換し合ってきた。

だが今、視界の中に本物の聖司がいる。

「聖司くん……」

思わず駆け寄ろうとした瞬間、聖司の隣にいた女性が嬉しそうに彼に抱きついた。栗色の髪を背中に流した長身の美女だ。彫りが深く、スタイルも抜群で、女性としての華やかさを全身から放っている。

何か嬉しいことを言われたのか、女性は頰を赤らめながら聖司を見上げた。遠目に見てもその目が潤み、きらめいているのがわかる。聖司も慣れている様子で、彼女を抱き留め、笑いながら頷いていた。

「………」

走り出そうとした足がその場に根を張ったように動かなかった。声も出ない。瞬きも。まるで石像になってしまったように立ち尽くす雫には気づかず、聖司はほんの数メートル先を曲がってどこかへ行ってしまった。

聖司の姿が見えなくなった瞬間、ふっと身体から力が抜けそうになった。足取りがおぼつかないまま、来た道を引き返す。神秘的に見えていた石造りの建物が、重苦しい石の牢獄《ろうごく》に変わったようだ。

雫は逃げ出すように、足早にスタジオの敷地を後にした。


それからどうやって時間を過ごしたのか、雫はあまり覚えていなかった。

有給休暇が取れた日、聖司は大事な収録があるとのことで、夜しか時間が空かなかった。そのため、本当ならば近場の観光名所へ足を向け、聖司の暮らす街を見て回ろうと思っていたのだが……。

日も暮れた頃、雫はショルダーバッグだけを持って、聖司のアパートメントに向かった。真っ赤なポストが表にある、かわいらしい建物だ。ぼんやりと待っていると、向こうから一直線に走ってくる男性が見えた。暗くて影しか見えなかったが、聖司だとわかる。

大きなチェロケースを背負い、聖司が駆けてきた。

「ハァハァ……、し、雫！」

「お帰り、聖司くん」

「ただいま。……って、よく来たな」

息を切らしながら、聖司が嬉しそうに笑った。真冬だというのに額には汗が浮いている。それだけ必死で走ってきてくれたのだろう。

（私、ちゃんと笑えてるかな）

昼間見た光景を頭から振り払いながら、雫はぎこちなく笑った。

「うん、来ちゃった」

「荷物それだけ？」

「ホテルに置いてきた」

「そっか、メシは？」

「まだ」

「どっか食べに行く？」

「うん」

「じゃあちょっと待ってて、荷物置いてくる」

短く言葉を交わし、聖司はアパートに駆け足で入っていった。彼の姿が見えなくなった瞬間、無意識に小さく息がこぼれた。

……ちょっと変だ。

十年ぶりに聖司と会えたというのに、なぜこんなに緊張しているのだろう。

（単に、久しぶりだから）

こんなものはすぐに収まるはずだ。聖司と自分なのだから。

「お待たせ、行きたい店とかある？」

すぐに部屋から飛び出してきた聖司に、雫は首を振った。

「特には……。あんまり調べてきてなくて」

「なら近所におすすめの店がある。ちょっと賑やかだけど、いいところなんだ」

聖司に案内されるまま、雫はレストランに向かった。格式張った場所ではなく、店内は普段着の客で賑わっている。皆、笑顔だ。家族や恋人など、大切な人とリラックスした時間を過ごしているのが伝わってくる。

「ハイ」

渡されたメニューを見ていた時、陽気なウエイターが聖司に話しかけてきた。イタリア語でやりとりしているため雫にはわからないが、「こんばんは聖司、元気ですか？」「元気だよ、ありがとう」「楽しんで」というような挨拶のように思えた。

「雫、何か食べたいのある？」

聖司に話を振られ、雫は戸惑った。メニューはイタリア語で書かれていて、雫には読めない。

「うーん、任せるよ」

「そう？　わかった。……じゃあ」

慣れた口調で聖司がウエイターに何かを立て続けに注文した。笑顔で去っていくウエイターを見送り、聖司が雫に言う。

「俺がここでよく食べるメニューにした。あとハウスワイン。ここの、飲みやすくてうまいんだ」

「そう。……あ、よく来るの、ここ？」

「うん、楽団の仲間と」

「へぇ、仲間、か」

一瞬昼間見た光景が脳裏をよぎった。きっとあの時、聖司の周りにいた三人のことだろう。栗色の髪をした長身の美女もその一人なのだ。

（あんな綺麗な人と一緒に音楽やってるんだ……）

「雫？」

急に黙り込んだ雫に、聖司が不思議そうに尋ねた。慌てて雫はぎこちなく笑顔を作る。

「何でもない。聖司くん、もうすっかりイタリア人だね」

「こっち来て、十年だからな」

「十年だねぇ……ブラーヴォ！」

「えっ、何、急に？」

おどけて声を張り上げ、雫はニコニコと笑った。

「素晴らしいよ、聖司くんは。私なんか、いつまで経っても追いつかない」

「そんなことないよ」

「あるの……！」

反射的に言い返してから、ハッとした。

聖司が驚いた顔で見返している。

「ご、ごめん、何でもない」

「いや……」

一瞬、ぎこちない沈黙が二人の間に流れる。

その時、料理が運ばれてきた。カプレーゼやボロネーゼのパスタ、生ハムなど、雫がイメージする「イタリアン」だ。味付けも、オリーブオイルの香りを強く感じるものの食べやすく、ここに連れてきてくれた聖司の気遣いを感じた。

「んー、おいしい！」

「よかった」

聖司が微笑む。

……また沈黙が落ちた。

(なんか……ちょっと思ってたのと違うな)

雫は笑顔を絶やさないように気をつけながら、辺りを見回した。和気藹々《わきあいあい》と会話を楽しんでいるイタリア人客の中で、自分たちだけが浮いているように感じられる。これが聖司と楽団の仲間なら、彼らはきっとこの景色に溶け込むのだろう。十年間、同じ水を飲んで暮らした住人として。

「雫、明日の夜には帰るんだっけ」

沈黙を紛らわせるようにグッとワインをあおった時、空になったグラスに聖司がワインを注ぎ足した。礼を言いつつ、雫は頷く。

「うん、本当はもっと長くいたかったんだけどね。これ以上休んだら、会社に席がなくなっちゃう」

「そうか……」

「あ、でも最後の便にしたから、ぎりぎりまでは大丈夫」

「じゃあ明日うちの演奏会があるんだけど、見に来ない？」

「わ、行きたい！」

実はこのイタリア旅行中に、一度は聖司の演奏を聴きたいと思っていた。目を輝かせると、聖司が安堵したように頷いた。

「じゃあ十二時半にオアステベレの広場……ってわかる？」

「大丈夫、調べていくよ」

「うん」

「わ〜、楽しみ！　聖司くんが演奏するところ見るの久しぶり！」

「……雫」

静かに名前を呼ばれ、雫は目をしばたたいた。正面の席で、少し緊張したまなざしで聖司がこちらを見返している。

「この後、うち来ない？」

「……うん」

頷くまでに少し時間が空いたが、決して断ろうとしたわけではない。少し鼓動が速くなった気がした。


聖司のアパートメントに足を踏み入れ、雫は感嘆のため息をついた。

玄関を入ってすぐのところにキッチンが作られ、カウンターを挟んで左手側にリビングがある。雫が夕子とルームシェアしている部屋とほとんど変わらない広さだが、聖司はここに独りで住んでいるようだ。

チェロケースや譜面台、仕事用に使うデスクが置かれているため、一見「モノ」が多い印象があるが、芸能人やサッカー選手のポスター、ゲーム機など、趣味と呼べるものが何一つない。

同じだ。雫の部屋と。

両親と暮らした実家にも、夕子とルームシェアしている家の自室にも、年頃の少女が飾るようなものが何もない。実家に一つだけくまのぬいぐるみがあったが、その程度だ。芸能人に胸をときめかせる時間も、サッカーや野球観戦で贔屓《ひいき》のチームを熱く応援する時間も、流行のファッションを追いかける時間もなかった。

そうした時間を全て、自分の夢を叶えるために使ってきたのだ。自分も聖司も。

(私の写真、飾ってくれてる……)

棚の一角にいくつかの写真立てを見つけ、雫は思わず微笑んだ。雫が聖司の写真を部屋に飾っていたように、聖司もこうして雫の写真をそばに置いてくれていたのか。

「……ってことでね。まぁ、全部私がいけないんだけど」

帰り道で近況報告していた雫は弱々しく肩をすくめた。この十年間、雫がイタリアに来るのは初めてだ。何かあったのだと聖司も感じていたのだろう。

「担当編集なのに、ちゃんと向き合えなかった……。そんなの、失望されて当然」

「でもその園村先生？　……って雫のこと信頼してるんじゃないかな」

雫にマグカップを渡しながら聖司が言った。無地の黒いカップが二つ。余計な装飾を好まない聖司らしい私物だ。

「えっ、そんなことないよ」

「いや、だって怒られたんでしょ」

「それは仕事として、ちゃんと答えられなかったから」

「そう、だから先生は雫に期待してた。仕事のパートナーとして信頼してなきゃ期待しないし、期待してなかったら怒らないよ」

「……そうかな」

聖司はこういう時に心にもないことを言って相手をなだめるような人ではない。きっとこれは本心だろう。

だからこそ改めて苦しさを覚えた。「元々期待されず、きつく当たられた」と「信頼されていたが失望された」は全然違う。雫が正しく努力できていれば、今でも園村との縁はつながっていたかもしれない。

「私ね、もう物語書くの、やめようと思ってる」

なんとなくダッフルコートを脱ぐきっかけもないまま、雫は促されてソファーに座った。聖司は何か言いたげな視線を向けたが、黙って雫の言葉を待っている。

「またコンクールに落ちちゃって……」

「……そう」

「なかなか現実は厳しいし、夢を見るのも卒業かなぁって」

「俺さ、『音』が聞こえなくなったんだよね」

「えっ」

聖司は力なく笑いながら肩をすくめた。

「ほら、中学の時に言っただろ。本を読んでるとチェロの音が聞こえるって。昔はいろんな音が聞こえてたのに、こっちに来て、音楽に没頭するうちに」

「聞こえなくなった……？」

「うん、不思議だよな。今のほうが音楽漬けの生活してるのに。ちゃんとチェリストになってさ。まだまだ駆け出しだけど、これで食っていけるようになって、一歩一歩結果も出せてるはずなのに」

「聖司くんも……。わ、私も、現状は聖司くんと全然違うけど、『音』はもう……」

「一緒だね」

内緒話をするように微笑む聖司に雫も小さく頷いた。一度も躓《つまず》くことなく、情熱と才能を武器にしてプロとして働いていると思っていた聖司でも雫と同じ悩みを抱えていたなんて。

「あ、でもね、おじいさんに言われたの。心の声を聞きなさいって。……こうやって」

両手を両耳に当て、目を閉じるポーズをする。

地球屋のおじいさんは聖司の祖父だ。チェロを最初に教えた師匠でもあり、イタリアに行くと決めた聖司を真っ先に応援してくれた人でもある。

そんなおじいさんの言葉なら、何か聖司の助けになるかと思った。

（聖司くんはまだまだ上に行けるから）

きっと「音」だってまた聞こえるようになる。

「心の声、か。おじいちゃんらしい」

「うん」

「それ、いいね。夢ってさ、形を変えてくと思うんだ」

「え？」

「最初はただチェロが好きで、プロになるのが夢だった。そしたら雫に出会って、勇気もらって、イタリアまで来て」

一つ一つ、これまでの道のりを思い返すように言いながら聖司は窓際に置いていたチェロを手に取った。

「それで、本当にチェリストになれた」

「うん」

「ある人が『生きる価値とはどれだけ多く笑ったか、である』って言っていたんだけど、俺は自分の演奏で、どれだけたくさんの人たちを笑顔にできるかって考えてる。それが今の夢」

「そっか」

「正解もないし、終わりもないから焦ってたのかもな。心の声を聞いたら、そんな単純なことが一番大事なんだって改めて気づけたよ」

聖司はチェロを前に、椅子に座った。

「雫が書くのをやめても、編集の仕事を頑張ればさ。雫の周りにいる会社の人たちや作家の先生、何よりその本に触れたたくさんの人たちを笑顔にすることはできるんじゃないかな」

「……うん、そうだね」

「だから雫が書くのをやめたとしても、全部なかったことになるわけじゃないと思う。……ただ、夢は諦めないでほしい」

「え？」

「俺は、雫に物語を書き続けてほしいな」

「ちょっと、どっちよ！」

聖司は雫が執筆をやめることを肯定しながら、書き続けてくれと要求もする。混乱して大声を上げると、聖司は喉の奥で笑った。中学時代、時々からかってきた時と同じ笑顔だ。

ボンボン、とチェロの弦を五回指で弾《はじ》き、聖司は雫にささやいた。

「さあ、どっちでしょう？」

——ボン、ボン、ボン、ボン、ボン。

低く響くチェロの音が何かを雫に伝えてくる。

「わからないよ！」

「よく聴いて」

——ボン、ボン、ボン、ボン、ボン。

聖司に促され、雫は両手を耳に持っていった。一生懸命に集中して聖司の「音」を聴こうとする。

——ボン、ボン、ボン、ボン、ボン。

「ヤ、メ、テ、イ、イ」

「ヤ、メ、ナ、イ、デ」

……全くわからない。どっちが正解だと言われても、そうなのかと思ってしまいそうだ。真剣に耳をすませたが結局わからず、雫はやけになって叫んだ。

「バ、カ、ヤ、ロ、ウ！」

「ブー、外れ」

「もういい、帰る！」

からかわれたのだ、とカッとなった。こっちはそれなりに悩んで悩んで、もうどうしようもないほど行き詰まったからイタリアまで来てしまったのに。

結果も出せない自分の悩みなど、プロとして活動している聖司からしたら取るに足りないことなのだろうか。

「雫、歌って」

玄関に向かおうとした雫の背中に、チェロの音が響いた。

前奏部分ですぐにわかった。二人の思い出の曲だ。

「……いやだ」

「答えが出るかもよ？」

「こんな時間に、周りに迷惑だよ」

「防音だから大丈夫」

一度言い出したら聖司は聞かない。前奏をやめない彼に、渋々雫は向き直った。

（こんなことで答えなんて出ない）

だが聖司の言葉は雫にとって特別なのだ。

昔からずっと、彼は悩む雫を前にして、いつだって確かな言葉を残してくれた。

「行くよ」

ふわっと聖司のチェロの音が変わった。

上から差し出された手で引っ張り上げられるように、雫の中から声があふれる。

「今、わたしの、願い事が……叶うならば、翼がほしい〜……」

この背中に鳥のように
白い翼つけて下さい
この大空に翼を広げ
飛んでいきたいよ
悲しみのない自由な空へ
翼はためかせ　ゆきたい

歌うほどに記憶がどんどんあふれてくる。中学生の頃、聖司と一緒に地球屋の二階でこの曲を歌った記憶が。

目の前がキラキラした光であふれ、胸がいっぱいになる。


初めて小説を書いた日だ。

初めて「夢」ができた日だ。

雫の全てが始まった日で、その瞬間を聖司と共に迎えた日だ。

あの時、きっとこの瞬間は忘れられないものになると思ったが、その通りだった。あの時の空気も熱も思いも、全部まるごと一つの箱に入っていて、開いた瞬間全てがよみがえってくるようだ。

「悲しみのない自由な空へ、翼はためかせ、ゆきたい～！」

気づくと一曲まるごと歌いきっていた。

大人になってから、こんなに腹の底から歌ったのは初めてだ。いつも小さな声で「すみません」「わかりました」とあちこちに頭を下げたり、言いたいことを呑み込んだりしていたため、久しぶりに使った喉がびっくりして震えている。

ハァハァと息が上がり、汗がにじんだ。

だが驚くほど爽快な気持ちだった。

雫は両手を広げ、天井を仰いだ。

「あ～、なんかすっきりした！」

「俺も。久しぶりに楽しかった」

顔を見合わせ、笑い合う。

……今なら聞ける気がした。

「あ、あのね、聖司くん」

「何？」

「私……待っててていいのかな、聖司くんのこと」

先ほど全力で歌って喉が開いたおかげか、スッと言葉が口から出た。

聖司が大きく目を見開く。その目に雫が映っていた。自分で思っているより不安そうに、弱々しい笑みを張り付けている小柄な女性が立っている。

「雫……俺は……っ」

その時、不意にドアがノックされた。

雫に何か言いかけた聖司が我に返ったように身じろぎした。無視しようか迷ったようだが、それもできなかったのだろう。「ごめん、ちょっと」と断り、聖司は戸口へと向かう。

「……サラ？」

困惑したような聖司の声に、振り返った雫はハッとした。

昼間、スタジオの階段で聖司に抱きついていた長身美女だ。楽団の仲間だとは思っていたが、サラという名前なのか。

「どうしたの？」

「こんばんは、ごめんなさい、突然押しかけて」

聖司とサラは英語で喋っていた。イタリア語になるとお手上げだが、英語なら雫も多少はわかる。二人の会話に口を挟めないまま、雫は妙に居心地の悪い思いで、立っていた。

「何かあったの、サラ」

「雫がいるんでしょ？　会わせてくれない？」

「なんで？」

困惑する聖司を無視し、サラは勝手に部屋の中まで入ってきた。まるで何度も出入りしているように堂々と。

「こんばんは」

さらりと長い髪をかき上げながら、サラが雫の前に立った。生命力の固まりのようなみずみずしい強気さに、雫は圧倒されてしまう。

「こ、こんばんは……」

「雫、彼女は同じ楽団の仲間で、サラって……」

「あなたは聖司のことが好きなの？」

紹介しようとした聖司の言葉を遮り、サラが雫に尋ねた。挑みかかるようにまっすぐなまなざしで、雫を見下ろしてくる。

「雫、私は聖司のことが好きなの」

「あ……」

「十年の遠距離恋愛なんてあり得ない。あなたは聖司のことが本当に好きなの？　意地張ってるだけじゃないの？　私たちは十年会わなくても大丈夫なんだって思い込みたいだけで、いつまでも聖司を縛ってるんじゃないの？」

「サラ！」

聖司が声を上げたが、サラはそれを振り切り、なおも雫をにらんだ。

「あなたと聖司の住む世界は違うのよ。聖司はこれからすごいことを成し遂げる。世界中の人に私たちの音楽を届ける、選ばれた人間なの」

「それは……」

勢いよくまくし立てるサラを前に、雫は何も言えなくなった。英語での簡単な日常会話ならなんとか聞き取れるが、あまり早口で複雑なことを言われるとお手上げだ。ただそれでも、雫を燃やし尽くそうとするほど熱いまなざしに射貫かれ、気圧された。

「でも聖司はずっとあなたに囚われてる。でもそれ、会ってないからよ。毎日一緒に過ごせば、嫌な部分も見るし腹の立つことだって起きるでしょ。それって普通のことだわ。人はそうやって相手を知って、自分を教えていくんだから。でもあなたは違う。たまに手紙のやりとりをするだけなら、綺麗な部分だけを伝えられる。聖司の女神になれるでしょうね！　でもそんなのに付き合わされたら、聖司は絶対不幸になる」

「………」

「私は純粋に聖司のことが好きなの！　毎日一緒にいて、どんどん好きになってる。そういうこと、何一つできないあなたにはこれ以上、聖司の人生に関わってほしくないわ」

「サラ、わかったから今日は帰って」

何度も会話に割り込もうとしては押しのけられていた聖司がようやくサラを雫から引き剝がした。目には困惑の色が揺れている。

……多分、彼は今初めてサラの気持ちを知ったのだろう。

そういう人だ。鈍いというより、聖司の頭の中は音楽のことでいっぱいだから。

(私と聖司くんの住む世界は違う……)

サラの言葉が頭から離れない。

「ごめんなさい。……ごめんね、聖司くん。私、帰るね」

よろめくように雫は後ずさり、ソファーに置いていた荷物を手にした。ダッフルコートは着たままだったので、そのまま聖司の家を飛び出す。背後で聖司が雫の名を呼ぶ声が聞こえたが、「待って、行かないで、聖司!」と切羽詰まったサラの声がしたところでドアが閉まった。


翌日、オアステベレの広場に向かった雫は大きくため息をついた。直前までここに来るべきかどうか迷っていた。「あなたと聖司の住む世界は違うのよ」と言ったサラの言葉が頭から離れなくて。

迷いながらも広場に向かったが、十分ほど遅刻してしまった。そのせいだろうか。いつまで経っても聖司は現れない。

……もう少し待っていたら来てくれるだろうか。

あと一分。いや、あと二分。

なにかにすがるような思いで佇んでいる間に、どんどん時間が過ぎていく。三十分ほど過ぎ、時計が十三時を回ったところで雫は意を決して顔を上げた。

演奏会が行われる場所はわかっている。いつまでも待っているのではなく、自分から行けばいいのだ。

そう言い聞かせ、歩き出した瞬間――教会から鐘の音が聞こえた。

「……っ！」

澄んではいたが、それ以上に力強く、甘えを許さないような強い音。

その容赦のなさに思わず雫はびくりと身をすくませた。

――あなたと聖司の住む世界は違うのよ。

続けてサラの声が脳裏をよぎった。それは毒のように全身を回り、雫を内側からむしばんでいく。

「…………」

ゆっくりと身体から力が抜けた。空を見上げると、これから向かおうとしていた方角から雨を含んだ重い雲がどんどん流れてくるところだった。

（住む世界、か……）

確かにその通りかもしれない。仕事でも小説の執筆でもうまくいかない自分と、仲間たちと共にどんどん結果を出している聖司。

歩調が合うはずもない。今ですらこの惨状だ。これから先、時間が経てば経つほど、二人の距離は開く一方に違いない。

「帰ろう」

向い原に。

自分の住んでいる街に。

雫はのろのろと広場を後にした。


帰りの飛行機は驚くほど早く感じた。ぼんやりしていたら十二時間が過ぎていた感覚だ。重いスーツケースを引きずりながら帰途につくと、家の前にオープンカーが止まっていた。

「ほら、タッちゃん、しっかりして」

笑いながら夕子が杉村に段ボール箱を押しつけている。

「夕子、荷物多いよ」

「何？　あなたの愛はそんなものなの？　結婚やめたっていいのよ～？　……あ、雫！」

真っ先に雫に気づき、夕子が駆け寄ってくる。雫がイタリアに行ったことを、雫以上に喜んでいるようだ。

「お帰り、どうだった！」

「うん、すっきりした」

「そう、よかった！　天沢くんと会えたら、きっと雫も元気になれると思っ……」

「やっぱり遠距離恋愛って難しい」

「えっ」

ぎょっとして言葉を失う夕子に、雫は無理矢理口元を引き上げた。笑顔に見えるといいのだが。

「別れてきた」

「うそ……」

立ち尽くす夕子の隣をすり抜け、家へ向かう。雫たちの会話は聞こえなかったようで、杉村が明るく片手を上げた。

「お帰り～、荷物運ぼっか？」

「大丈夫、ありがとう」

太陽のような彼の笑顔をまともに見られず、早足で家に入った。夕子も杉村も外に出ているため、家の中は静まりかえっている。

自室に入ると、数日間留守にしていたせいで、空気がよどんでいた。動くことなく、少しずつ鮮度を失ってた空気が室内に充満している。

無意識に、目が棚の方を向いていた。もう何年も同じことをしているせいで、それが習慣になっている。

真剣な表情でチェロを弾く聖司の写真が目に入った。

この十年間、写真立ての中で聖司はゆっくりと成長していった。送られてくる写真を入れ直し、最新の聖司の写真を見ながら、雫も自分の夢を叶えるために頑張ってこられた。

ずっと……そうやって頑張ってきたのだ。

聖司と一緒に歩んでいると思い続けてきた。

でももう、それも終わりだ。

「…………」

かくん、と全身から力が抜けた。

糸の切れた操り人形のようにぺたりと床にしゃがみ込むと、もう立ち上がる気力すら湧いてこない。ほんの少し残っていた活力すら床に吸い取られ、このまま干からびてしまいそうだ。

「……ふ」

十年だったんだけどな、とふと自虐的な笑みがこぼれた。

それも十五歳から二十五歳という貴重な時期だ。たった一人を思い、物理的に距離が開いても励まし合い、支え合い、一緒に進んでいると思っていた。じわじわと距離が開いていても、ずっと目をそらして耐えてきた。

……まだ追いつける。まだ自分も頑張れる。

頑張る原動力だったはずの思いは次第に呪いのようになっていて、最近はずっとつらい気持ちしかなかった。

だから、きっともう限界だったのだ。

聖司を解放し、自分も楽になるための選択。

自分が聖司にしてあげられることは多分、もうこれしかない。

そうとわかっているのにつらい。

「ふ、ぅ……」

喉の奥がギリリと痛み、何かが這い上がってくる。息を吐いた瞬間、ぱたた、と音を立てて床に水滴が立て続けに落ちた。目の奥が熱く、視界がぼやける。額の奥が熱を持ってぼんやりとしびれ、ズキズキと痛んだ。

これからは聖司のいない現実を生きていかなければならないのだ。もう彼から手紙は届かないし、写真を送り合うこともできない。本当にきつくても電話はかけられないし、会うことなんて絶対に無理だ。

自分たちは別々の道を歩いて行く。

聖司が何をしているのかも、何を考えているのかもわからなくなる。

相手が思い出の中にしか存在しなくなるというのはそういうことだ。

自分で選択したことなのに、喪失感で身が張り裂けそうになる。自分の人生から聖司がいなくなるなんて、この十年間で一度も考えたことがなかったのに。

「う、あぁ……あああっ」

ぎゅうっと胸元に拳を押しつけ、雫はうずくまった。後から後から波のように悲しみが押し寄せ、溺れ死にそうだ。

「うあああっ……あぁ……っ！」

泣き声というより断末魔の叫びのようだと自分でも思った。心が苦しさのあまり悲鳴を上げている。

声を抑えることもできず、雫はいつまでも泣き続けた。

●　二十五歳・天沢聖司　●

ゆっくりと夜が明ける。

オレンジ色のとろりとした朝日がイタリアの街を照らす中、聖司は一人、アパートメント近くにある高台に向かった。実際の景色は全く違うが、展望台を兼ねた高台に来るたび、聖司は地元を思い出す。

「…………」

目を閉じ、開ける。

落下防止を兼ねて作られた高さ一メートルほどの塀に、赤いダッフルコートを着た小柄な女性がちょこんと座っていた。

——こんなところにいたのか。

心の中でそう呟くと、声が聞こえたように彼女は顔を上げ、明るく笑った。

『うん、聖司くんなら見つけてくれると思って』

——雫は変わらないな。十年経っても。

思わず笑い返すと、彼女は少し驚いた顔をした後、悲しそうに微笑んだ。

『変わるよ……変わっちゃう』

「……っ」

その時風が吹いてきて、聖司は一瞬目を閉じた。

次に目を開け、大きく息を吐く。

手すりの上には誰もいない。

……当然だ。ここに来た時から誰もいないことはわかっていた。

「雫」

おととい、雫がイタリアに来た。その夜、サラの来訪で雫が出て行った後、結局彼女とは会えないままだ。翌日はオアステベレの広場にも現れず、演奏会にも来てもらえなかった。電話もしたが、単調な呼び出し音が響くばかりだった。

――私……待っていいのかな、聖司くんのこと。

サラが来る前、雫が呟いた声が耳から離れない。

声は明るかったが、目には不安の色が揺れていて笑顔もぎこちなかった。

そこまで不安にさせていたのかと衝撃を受けてしまって、あの時何も言えなかったことをいくら悔やんでも悔やみきれない。

即答できたはずだ。あの時の彼女に対する答えなら、十年前から変わってないのに。

「雫……」

せめてもう一度、幻でもいいから現れないかと目を閉じてみる。

だがどんなに試しても、もう雫は聖司の前に現れなかった。

11

● 二十五歳・月島雫 ●

数日ぶりに復帰した星見出版はよくも悪くも、何も変わっていなかった。デスクの上は相変わらず資料や原稿が散乱していて、社員たちは一心不乱に目の前の仕事を片付けている。

部長の堀内も相変わらず高圧的な態度で、部長席にふんぞり返っていた。

「お休みをいただき、ありがとうございました」

「まぁ今日から気持ちを改めて、しっかり頼むよ」

じろりと雫を見上げたものの、堀内はそれ以上のことは言わなかった。

(そういえば前からそうだったかも)

堀内は自分の気分で部下を怒鳴り、恫喝《どうかつ》することも多いが、時間が経った後で以前の話を蒸し返すことはしない。至らない点を見つけた時の叱責は容赦ないが、私情で部下の仕事を判断することはなく、理不尽な理由で企画を却下されることもなかった。むしろん自分の好みで判断する傾向は強かったが。

（これがやりたい、って毎回部長と戦ってたら、何か変わったのかな）

先輩社員の津田のようにうまくはやれなくても、やんわりとやり過ごすことを選ぶ前に、正面からぶつかっていたら……。

「部長、早速なんですが、園村先生のところに謝罪に行かせていただけないでしょうか？」

「……いいんじゃない」

一瞬雫を見上げ、堀内は頷いた。

「えっ、いいんですか？」

「当たり前だろ。ちゃんと謝ってこい。……おい高木、園村先生とのアポ、取ってやれ」

「あ……ありがとうございます！」

あたふたと頭を下げたが、もう堀内は雫の方を見ようとはしなかった。ただ、今日の彼はあまり怖くない。

もう一度頭を下げてから、雫は自席に戻った。隣席の高木が自分のことのように嬉しそうな顔で迎えてくれる。

「休んでる間、ごめんね。大変だったでしょ？」

「いえいえ全然。ちょっと一時間……まぁ二、三時間残業しましたけど～、無理そうなのは全部積んであるんで、よろしくお願いします」

全然楽でしたよ、などと言わないあたりが高木らしい。彼が何も問題なくこなせていたら、それはそれで毎日、必死で残業しながら仕事していた自分との違いに落ち込みそうだ。

帰国時、空港でかろうじて思い出して購入できたお土産を渡しながら、雫はずっと気になっていたことを高木に尋ねた。

「高木くん、なんでいつもそんなに親切なの？　前に聞いた時、ファンなんで、とか言われたけど……」

「あ～、そのまま言葉の通りです。月島さん、好きなものがはっきりしてるじゃないですか」

「…………？」

「俺、適当に高校卒業して、適当に入れそうな大学入って、適当に就活して、引っかかったのがここだったんで入社したんですよ。漫画好きだから、まぁいっかーって思ったら児童書編集部だったんで、うわ、マジか。児童書なんて読んだことねぇって焦ってたんですけど」

「そういえば入社当初、そう言ってたよね」

「あの時、家に帰ってから焦ったんですよ。やる気ねぇって怒られるかな？　って。でも次の日、月島さん、おすすめの児童書をリストアップして渡してくれたじゃないですか」

そんなこともあったかもしれない、と雫は春先の記憶をたどった。あまりにも他愛《たわい》ない出来事だったので今の今まで忘れていた。

『高木くん、よかったらこれ。私が読んだ中でおすすめの児童書、書き出してみた』

『うぇっ、月島先輩、そんなことしてくれたんですか？』

『海外翻訳物で有名なのは「山波少年」シリーズと「とかげ森のルウ」シリーズかな。日本の作家で昔から人気があるのは「ウサギ号の冒険」シリーズ。これは今、活躍されてる先生たちも知ってるから、読んでおくと打ち合わせのとっかかりになりやすいと思う。あと、最近の作家さんでおすすめなのはやっぱり……』

あの時は怒濤《どとう》の勢いで話したため、高木が目を白黒させていることにもしばらく気づかなかったほどだ。

「あの時、目をキラッキラさせてた月島さん見て、ホントに児童書が好きなんだなって思いました。そんな風に大人になってもハマる人がいるなら、児童書って面白いのかもって思えたんですよ」

「そうだったんだ……。私はただ好きな話をしただけだけど」

「読みなさい、じゃなくて、ただおすすめしてもらえたから、こっちも読みたくなったんですって。今回のはあの時のお礼ってことで。後はまあ……ちょっとした下心的なアレも、ないってことはないんですけど……」

「………？」

「いえ、いいんです。それはこう、コツコツコソコソ、チャンスがあればってくらいで、まあ」

口の中で何かをモゴモゴと言う高木に雫は首をひねった。

だが、高木はそれ以上なにかを言おうとはしなかった。へへ、と笑い、彼は話題を元に戻す。

「月島さんの『好き』に影響されて、おすすめされた本を読んでみたら面白くて、今じゃ他社の新刊もチェックしてますもん、俺」

「そこはウチのを買いなさいよ」

斜め向かいにいた津田が突っ込む。「いや、今月はちょっとピンチで〜」「見本はここでちゃんとチェックしてますから〜」と笑いながら言い訳している高木を見て、雫も笑った。

「……高木くん、私はもう大丈夫。人生は贈り物だってディカプリオに教わったから」

「えっ、月島さん、イタリアでディカプリオに会ったんですか？」

「無駄にしないように頑張ります」

最後の一言は津田に宛てて。

にやりと猫のように目を細めて笑う津田に、雫も頷いた。


数日後、雫は高木と共に園村のオフィスを訪れていた。

園村と会うのは数週間前、彼から担当を外された時以来だ。この日も園村はどこで買っているのかわからない派手なシャツを着ていた。原色を自由気ままに組み合わせたような独特の絵柄で、髪も染めていない大人しい容姿の園村とはちぐはぐな印象だ。

「どうぞ」

雫と高木にトントンの絵柄の入ったマグカップを置き、園村は雫の正面に座った。

雫も園村も緊張しているのか、部屋の空気は硬いままだ。だがいつまでも黙っているわけにもいかず、雫は思い切って口を開いた。

「このたびはお時間を取っていただき、ありがとうございます」

「いえ」

再び沈黙が落ちかける。

それを振り払うように雫はおもむろに立ち上がり、床に正座して頭を下げた。

「先生、先日は不適切な対応をしてしまい、誠に申し訳ありませんでした！」

「ちょ……やめて下さい」

頭上で園村の焦った声がする。それでも雫は頭を下げ続けた。

土下座をしたら許してもらえると思ったわけではない。園村の罪悪感を誘うためにこんなことをしたわけでもない。

ただ自分のしでかしたことを思うと、こうでもしなければ気が済まなかったのだ。自分がもし小説家になっていて、自分の担当編集者が今の雫のような人間だったなら、雫も信用できないと思っただろう。自分の本気を受け止めてもらえていないのだと悲しく、つらい気持ちになったに違いない。自分のことでいっぱいいっぱいになってしまって、園村の身になって考えることもできなかった。

「信頼を損なってしまったとわかっています。今更何を言っても遅いということも……。でも私……私、本当に園村先生の作品が好きなんです。担当できて本当に光栄だと思っていました。お願いします。もう一度先生の担当につかせていただけませんでしょうか」

「……っ」

「お願いします！」

「……やめて下さい」

沈黙の後、途方に暮れたように園村が呟いた。それでも頭を上げない雫に困惑し、高木に対して「やめさせて下さい」と頼んでいる。

高木にも促され、雫はのろのろと顔を上げた。

園村が困ったような顔で雫を見下ろしている。

「座って下さい」

「はい……」

椅子に座り直し、小さく肩をすぼめた雫に園村が言った。

「月島さん、今、僕の担当は高木くんです。ですから月島さんに戻すことはできません」

「……はい」

当然の結果だ。

うなだれる雫に対し、園村は初めて小さく笑うように息を吐いた。

「月島さんは、僕に初めて会った時のことを覚えていますか？」

「初めてって三年前のことですよね。えっと……」

「僕が星見出版で初めてお世話になることが決まって、最初に原稿をお渡しした後、初めての打ち合わせに来た月島さんは開口一番に言ったんですよ。『先生、これ、面白くないです』って」

「ええっ」

雫よりも先に、高木が椅子から転げ落ちるほど大きくのけぞった。まるで隣に座っているのが地味な女性社員ではなく、何かしらの事件の凶悪犯だったと言われたかのような勢いだ。

「僕は自信があったので、どこがですか？　って聞いたんです。そうしたら『だってビッグバニーがですよ、最後死んじゃったら悲しすぎません？』って」

「……言いました。はい、あの時から私は先生のお気持ちを考えず……」

「違うんです。あの時、月島さんは率直な感想を言ってくれたんです。だから信頼できる人だなと思いました」

「……先生」

「僕はずっとあまり人とうまくやれなくて……すぐに怒ったり、どこかに行ってしまったりするので、気づくと人が離れてしまう人間でした。物語を書いている間はそういうことを忘れられるので没頭して。……でも、今までの人生観が出るんでしょうね。作中やラストでは毎回、誰かが死んでいました」

「………」

「他社の編集からも、それをやめるように言われたことは何度もあったんです。でもその時は『これじゃ売れない』『読者はついてこない』と言われるばかりで、僕には全然響かなくて、逆に、絶対変えてたまるかって思っていて」

でも、と園村は静かに笑った。

「月島さんは初めて自分の気持ちを語ってくれた。つまらない、悲しい、と。あの時初めて僕は目の前にいる人が僕の物語を読んでくれたんだ、って実感できたんです」

「そんな……私は失礼な形で思ったことを伝えることしかできなくて」

「いいえ、月島さんと一緒に『トントン』シリーズを書くようになって今までで一番読者に愛される作品になりました。僕は初めて、誰かに愛されたいという気持ちで物語を書けるようになったんです。そうしたら、どんどん書きたい話が浮かんできました」

「トントンは本当に、みんなに愛されています」

「書くのが毎日楽しくて……。この三年間、本当に楽しくて」

園村はおもむろに言った。

「気づいていますか？　初めて会った時は僕、無地のデニムのジャンパーを着ていたんですよ。僕のファッションセンスはおかしいと子供の頃から親に言われていたので、自信がなくて。でも今はほら」

園村は宝物を自慢するように、誇らしげに両手を広げてみせた。身体の面積を広げたことで、より一層奇抜な柄が雫の視界いっぱいに広がる。

正直、園村に似合っているとは言いがたい。似合うかどうか、だけで語るなら園村にはもっと落ち着いた服装が似合うだろう。

だが園村はこうした派手で、落ち着かないファッションが「好き」なのだ。ずっと自分を抑えてきた彼が、やっと自分の好きなものを肯定できるようになったのだろう。

(それに私が関われていたなら……)

これほど嬉しいことはない。

「月島さんは本来、そういう素直な人なんです。だからこれからも頑張って下さい」

「はい」

「月島さんはまだ物語を書いてるんですか?」

「はい、書いていたんですけど……今はやめようと思ってます」

「どうしてですか?」

「なんか、いつの間にか書くという『こと』に必死になってて……。そうじゃなくて、本当に自分が書きたい『気持ち』のほうが大事だって気づいたんです」

「そうですか」

「先生が教えて下さったんです。自分の心に正直になりなさいって」

「僕は月島さんなら、いつかきっと素敵な物語を、書けると思います」

頑張って下さい、と微笑む園村に雫も頷いた。彼が期待してくれた未来が本当にくるかどうかはわからない。一度書くことをやめて自分の心を見直したとして、再開できるかは自信が持てないままだ。

だが今、この選択をした自分は間違っていないと自信を持って言える。自分は頑張っている、と自分自身に言い訳するために書くことはもうやめるのだ。

深々と頭を下げ、すがすがしい気持ちで雫は園村のオフィスを後にした。

「ふーん、正直になったんだ」

夜、雫は夕子とワインを開けた。

この日、購入したばかりの真っ赤なニットセーターに初めて袖を通した。園村から衣服の話を聞いたせいだろうか。改めて自分の服装を見直していて気づいたことがあった。

(仕事中、私も暗い色の服しか着てなかったな……)

勤務中だから、打ち合わせで外出することもあるから、とスーツもコートもいつの間にか地味なものになっていて、服を選ぶわくわく感など久しく忘れていた。

本当は赤が好きだ。

情熱の赤、熱い血の赤。

気分を上げたい時、自分の好きなことをする時、雫はいつも赤い服を選んでいたというのに。

「書くことを目的にするより、書きたい気持ちになるまでやめる、か。そういう気持ちでいったんストップするなら、それはそれで全然いいと思うな。園村先生？　って人、いい感じに背中を押してくれたんだね」

「うん、聖司くんが言ってくれたってこともあるんだけど。編集の仕事を頑張れば、それで読者を笑顔にできるって」

「そう……でも本当にいいの？　天沢くん」

「うん、イタリアに行って、はっきりした。夢に生きてる聖司くんの世界はキラキラしてて、やっぱり私とは違うんだなって」

帰国直後よりは落ち着いた気持ちで話せたが、やはり聖司の名前を口にすると、まだ胸が痛んだ。しかし無理矢理にでも笑顔を作る。

「それに、正直十年の遠距離ってつらかったし。ずっと背伸びして強がって、無理してたんだ」

「そっか」

「うん」

夕子はそれ以上、何も言わなかった。昔からずっと一緒にいた親友だ。この十年間の雫を見続け、生半可な気持ちで結論を出したわけではないことはわかってくれている。

（こんな日々ももう終わり……）

数日後、夕子はいよいよこの家を出る。

一度に多くの別れを経験することになってしまったのは正直、結構きつい。それでも今生の別れではないのだから、この寂しさには慣れていかなくては。

そう考えてからの数日はあっという間に過ぎた。

頻繁に杉村が出入りするようになり、そのたびに家には段ボールが増え、家から夕子の私物が少しずつ少なくなっていく。

そしてついに夕子が引っ越す日がきた。

チェック柄の一人用ソファーとカーテン、窓際に置いていた背の高いテーブルとおそろいのチェア、それに電化製品などを残し、夕子の私物は全てなくなった。

最後に運び出すものも杉村の運転するオープンカーに詰め込まれ、室内はがらんとしている。うっすらと日焼けした壁や、二人で買った壁の飾りが妙に寒々しく映った。雫と夕子、杉村はどこか落ち着かない様子で、部屋の中央に集まっていた。

「じゃあ月島は実家に帰るんだ」

杉村の声に雫は頷く。

「うん、あと一週間で」

「この家にもお世話になったね、雫」

「夕子、やっぱり寂しい？」

「そりゃそうよ。雫、三年間本当にありがとう」

まぁ俺との新しい生活が待ってるから、と空気も読まずに茶化した杉村を無視し、ぎゅうっと夕子が雫に抱きついてきた。雫も強く抱きしめ返す。

「うん、私のほうこそありがとう」

「月島もさ、うちに遊びに来なよ」

めげずに会話に入ってくる杉村に、思わず笑ってしまった。

鈍感で気が利かなくて、まっすぐな男だ。だからこそ、こうして今も一緒にいられる。

「行く行く」

「俺たちはこれからもずっと友達だからな」

一瞬、雫は既視感に襲われた。十年前、杉村に言った言葉をこうして今、彼から言ってもらえるとは。

いつか終わる可能性のある関係を選ばなくて、本当によかった。

「うん、ずっと」

「タッちゃんとあたしはどうなるかわかんないけどね」

うろたえる杉村を、夕子がじろりとにらんだ。

「ええっ、夕子、どういうこと？」

「浮気したら離婚だから」

「う、浮気はしないよ！」

「ほんとだな〜？」

「ホントホント」

焦って頷き、杉村は少し声の調子を変えた。

「夕子を裏切るようなことは絶対しません！　……それにさ、誰かがちゃんと見てると思うんだよ、俺たちのこと」

「どういうこと？」

「俺たちが日頃、どういう選択をして生きてるか。小さなことから大きなことまで、日々選んでいった結果が今につながってると思うんだよな」

持っていた段ボール箱の中から片手鍋とフライパンを取り出し、杉村は大げさなポーズでシュッと雫たちに向けて突き出した。……多分、急に真面目なことを言ってしまった後で気恥ずかしくなったのだろう。

雫と夕子は顔を見合わせて笑った。

「何、急にカッコつけてんのよ、タッちゃん」

「いやさ、月島が天沢と別れるって決めて今があるわけだけど、この先の未来がどうなるかなんて、誰にもわからないじゃない？」

「まぁね。雫たちならヨリが戻るかもしれないし」

「それはないよ」

「ま、それはわからないけど、日々選択したことが未来の自分につながるって思ったら、この先も楽しみじゃない？」

「うん」

夕暮れ時、全ての荷物を積み終え、杉村と夕子は車に乗り込んだ。空色のオープンカーは色鮮やかで曇り一つなく、杉村が丁寧に手入れしていることがうかがえる。

「じゃあ気をつけてね」

「うん、ありがとう。またね！」

「杉村、安全運転で！」

あいよ、と軽快に応えつつ、杉村が車を走らせる。ゆっくりと、しかし確実に車は小さくなっていく。いつまでもこちらに手を振る夕子に、雫も手を振り返した。

やがて二人を乗せた車が道路を曲がり、見えなくなったところで、雫は静かに手を下ろす。

「……さてと」

がらんとした部屋に一人で帰ることを思うと、ほんの少しひるむ。それでも意を決してきびすを返した時、ちょうど郵便配達員が赤い郵便受けに手紙を投函した。

「…………？」

誰からだろう。

郵便受けを開けて中身を取り出し……見覚えのある形状に、雫は大きく目を見開いた。

この十年、何度も見てきた独特の洋封筒。エアメールだ。

●二十五歳・天沢聖司●

通い慣れたカザルススタジオに向かいながら、聖司はふと空を見上げた。

「そろそろ届いたかな」

「おはよう聖司、そろそろって何が？」

後ろから駆けてきたサラが聖司に声をかけた。聖司は曖昧に微笑み、首を振った。

「何でもない。おはよう」

「私たちのアルバム、できたんでしょ？」

サラに急かされ、聖司はバッグから一枚のＣＤの入ったジュエルケースを取り出した。

流れるような書体で「AG Cielo Quartet」とタイトルが印字されている。パッケージにデザインされているのは翼だ。「Cielo」は天国を指すイタリア語だ。空から降りてくるような澄んだ音色だと評されることが多い自分たちのデビュー作にぴったりだと考え、聖司がつけた。

「できたよ。僕たちの音楽的には完璧だと思う」

少し前、サラには衝動的に愛を告げられた。

取り乱し、必死にすがりついてくる彼女に申し訳なさを感じたのは確かだ。そして彼女のように自信と才能にあふれた女性を前にしても、それしか感じない自分に驚いた。

サラのことは出会ってから今まで、楽団の仲間としか思っていなかった。その才能を信頼しているし、高めあっていける仲間だと思っているが、それだけだ。ゆえに、彼女に雫のことを聞かれた時は、普通に話していた。

『ガールフレンドだよ、来週こっちに来るって』

『もしかして写真の彼女？　確か……しずく』

『そう、月島雫。俺の一番大切な人』

ことあるごとに聖司の心を占める人がいることを確認し、サラは諦めるどころか、どんどん執着心を強めていったのかもしれない。

だが少し前、実際に雫に会った後、サラは目が覚めたように大人しくなった。

『あの子、私がどんなに言葉をたたきつけても、向かってこなかった。戦って、自分の男を取り返そうとすると思ったのに』

『雫はそういう人じゃない』

『……そうね、自分に自信があるからじゃなくて、聖司は聖司。聖司が決めることに、他人が口を出す権利はないってわかってたんだわ。……だから十年も待っていられたのね』

敵《かな》わないわ、とサラは泣きそうな顔で笑った。

『私はそんな風に思えない。仕事は一生懸命してほしいし応援するけど、私が苦しい時はそばにいてほしい。会いたいって言ったら会いに来てほしいし、おいしいものを見つけたら、私にも買ってきてほしい。私は……恋人にそうやって要求するわ』

『普通はそうなんだと思う』

『あなたたち二人とも変よ。とっても変で変で変で……お似合い！』

サラは聖司の背中を強く叩き、その場を駆け出した。そして次の日から、普段通りの彼女に戻っていた。少しだけ目を赤く腫らしていたが、特に何を言うこともない。シューマンは少し気にした視線を投げていたが、触れずにそっとしておくことにしたらしい。

「それ、僕たちのアルバム？　イカシてるねえ」

遅れて登場したシューマンとバッハが聖司の手元をのぞき込んだ。渡したＣＤをキラキラした目で見つめる二人を笑いながら、サラが聖司に言った。

「次はどんなアルバムにする？」

「日本の風景を音にしたいんだ。みんな、どう?」

「日本の風景?　イカレてるなあ」

シューマンが驚いたように目を見張った。彼にとって、日本はあまりなじみのない国なのだろう。「東洋の神秘」だの「スシ」「テンプラ」「ゲイシャ」だの、型にはまったイメージしか持っていない。

彼のような人たちに、届けたいと思ったのだ。自分が生まれ、育った街の素晴らしさを。

「そうだよ、イカレてる」

相当困難な道だと知りながら、故郷を世界に伝えたいと思うのだから、確かに自分はクレイジーなのかもしれない。

● 二十五歳・月島雫 ●

『ディア　雫、この間はせっかく来てくれたのにごめんね』

一人きりになったリビングで、雫はエアメールを開けた。この十年で見慣れた文字が目に飛び込んでくる。

『雫からの質問にちゃんと答えられなかったから、今まで僕が雫に言えなかった本当のことをここに書きます。

僕が雫を初めて知ったのは中央図書館でした。

僕が好きな本と同じ本を選んでいた雫に興味を持ち、観察していました。

雫が本を読みながらくるくると表情を変えるのを見ているうちに、僕は雫に惹かれていき……いつの間にか雫の選びそうな本を先回りして借りていました』

「……そうだったんだ」

雫は大きく息を呑んだ。

そんなこと、全く想像していなかった。雫が聖司の名前を知るよりもずっと前から、彼は雫を知っていたなんて。

『雫と初めて話した時、僕はすでに雫のことが好きでした。

でもグラウンド前のベンチで声をかけられた時、動揺してしまって……何か話したいと焦ってしまって』

「ネタバレされたんだよね」

これから読む本のエンディングを明かされるという最悪のことをされた。

アレのせいで、聖司の初対面の印象は最低だった。なんて嫌な奴だろうと、しばらくそんな風にしか彼のことを見られなかったほどだ。


『あの時、僕は強がって、素直になれなかった。

それでも雫と同じ時間を過ごす中で僕の心は溶けていき……雫に自分の気持ちを初めて告白できた』

あの日のことは雫も一生忘れられない。

春だった。イタリアに旅立つ聖司のことを想いながら物語を夢中で書いていて……気づけば朝の四時半になっていた。ずっと机に向かいっぱなしだったため、一息つこうとして窓のカーテンを開けたのだ。

……そこで聖司を見つけた。自転車を漕ぎ、雫に会いに来ていた。

見せたいものがある、としか言わない聖司に困惑しつつ、彼の運転する自転車の荷台に乗った。必死で自転車を漕ぐ聖司の腰に手を回すと、力強い鼓動が伝わってきた。

少しずつ汗ばんでいく背中のたくましさと息づかい。聖司に触れているのだと感じれば感じるほど、心臓がドキドキしたことを覚えている。

そして杉宮の高台に向かい……二人で朝霧に包まれる町並みを見たのだ。
『うわぁぁすごーい……きれい』
地平線からゆっくりと太陽が昇り、朝霧がキラキラと光を放った。
『月島と一緒に見たかったんだ。この景色』
隣に立つ聖司がそう言った。
（見せたいって、思ってくれたんだ……）
最初に綺麗な景色に気づいた時、聖司は雫のことを思い出してくれたのか。
そして会いに来てくれた。
そのことを思うと心臓が苦しくなった。
『天沢くん、わたし……わたしね』
ずっと胸に秘めていた想いがあふれそうになる。伝えるなら今しかないと思った。
そして必死で口を開いたが……それよりも早く聖司がこちらを振り向いた。
『月島』
呼び慣れた名字を口にした後、聖司は一瞬言葉を切った。そしてゆっくりと言い直す。
『……雫が好きだ』
『……っ‼』
『今日、もし会えたら言うつもりだったんだ。雫が好きだ』

『わたし……わたしも、聖司くんが好き』

気づくと夢中で聖司の想いに応えていた。初めて彼の名前を口にし、泣きそうになりながらも必死で言った。

聖司はそれを聞き、グッとかみしめるように唇を噛んだ。ゆっくりと太陽が昇る間中、ずっと。

そして白々と明ける夜を、二人で待った。

『あのさ、俺、チェロで一人前になるのに十年はかかると思うんだ』

穏やかに聖司がそう言った。

『……十年』

『うん、向こうで勉強して、プロのチェリストになる』

『聖司くんがイタリア行ってる間、私、もっと勉強して書くから、物語』

『楽しみにしてる。お互い、また会う時まで』

『その時まで、頑張ろうね』

あの約束から始まったのだ。この長い長い十年間が。

雫は手紙を読みながら、自然と微笑んでいた。温かい気持ちがあふれてくる。胸の奥で凍り付いていた湖がゆっくりと溶けていくような感覚だ。

聖司の文字に指でそっと触れる。

『お互い夢に向かって頑張ろうと約束して、今の僕たちがいる気がします。この前、イタリアに会いに来てくれた雫と一緒に「翼をください」を歌った時……また雫に心を溶かされて気づいた。こっちに来て音楽に没頭するあまり、技術ばかりを追い求めて、心から音楽を楽しんでなかったということに。

雫は僕の太陽みたいな人です。

だからこそ雫には、夢を諦めてほしくない。

それが月島雫の一番最初の読者である僕の願いです。天沢聖司』

「……聖司くん」

エアメールを胸に抱き、雫は呟いた。手紙は文字しか伝えない。顔も声も表情も体温も何もわからない。

なのに今、目の前に聖司がいる気がした。耳をすませば、彼の声はちゃんと聞こえた。

この十年、自分は聖司に一度も会わなかったわけではない。聖司はずっとそばにいてくれた。一緒に頑張ろうと誓ったあの日の約束通りに。

温かい涙が頬を伝った。冷たく凍り付いていた心が柔らかく溶けていく。

穏やかにわき上がる思いを胸に、雫は机に向かった。

季節は巡り、三月になった。

凍てつく寒さもほどけ、過ごしやすい日が続く。

星見出版は人手不足で、相変わらず仕事は忙しい。激高しやすく、熱血な部長の堀内は相変わらずで、何かあるごとにすぐ机を叩いて声を荒らげる。

それでも少し彼のことがわかってきた。

堀内はめげない人間が好きなのだ。基本的には自分の思い通りに編集部全体を動かそうとし、意に沿わない社員にはきつく当たるが、自分の中に確たる思いがあって食らいついていくと、意外と許可を出してくれることもある。

今まで雫はそこまで彼と向き合えなかった。怒鳴られた時点で萎縮し、引き下がってしまった。もう一歩、いや、十歩くらい詰め寄れば摑めた未来があったのに。

「はい、校了」

堀内が雫に言った。

ようやく雫の立ち上げた企画の校正が終わったのだ。後は本刷りを行うことで、一冊の本が完成する。

「ありがとうございます！」

ガバッと頭を下げて校了紙を受け取り、雫は時計を見た。そろそろ新たに担当することになった小説家との打ち合わせの時間だ。

「高木くんも今日、打ち合わせだっけ？　園村先生と」

「はい〜、今日こそ色々言われないよう頑張ります！　園村先生、何かあるとすぐ月島さんの名前を出すんですもん。こっちはハラハラですよ」

「そうなの？」

「ですです、『月島さんならこういう時、もっと資料を集めてくれたんだけど』とか、『月島さんならすぐ返事をくれたんだけど』とか。ならもう月島さんに担当を戻したらどうですかって言ったんですけど、『それは一度決めたことなので』って頑固で、もう！」

「ふふふ、園村先生によろしく。次回作も楽しみにしていますって」

「お、それが一番やる気出してくれるんですよね〜。伝えておきます」

にやっと笑った高木に手を振り、雫は鞄を取り上げた。

「外出してきます。今日は直帰になります」

「おう、いってらっしゃい」

堀内の声を背に、雫は会社を出た。

担当作家との打ち合わせを終え、家に帰れば自分の時間だ。帰宅時間は相変わらず遅いが、実家暮らしに戻ったため両親がサポートしてくれる。食事や洗濯をしてもらえるというのは本当にありがたいことだと一度家を出たことで痛感した。

こうして夢を応援してもらえることがとても恵まれているのだということも。

「……さて、やりますか」

真っ白な原稿用紙を前にして、緊張気味に鉛筆を手に取った。

『十年前のことだから、昔と言ってもいいかもしれない。

私は、まだ中学三年生で、私にとってこの十年は、あっという間だった。

十年なんてそんなものだと言われるかもしれないけれど。

十四歳の碧にとっては、深い海の底からわずかな光を頼りに、必死に駆け上がっていくような日々だった。

その年の夏休みは、晴れの日が多かった。澄みわたるような青空に、洗い立ての洗濯物に負けないほど白い雲が浮かぶ』

しばらく書くことをやめていたせいか、文体がかなりぎこちない。それでも書き進めるうちに文字が色をつけ、香りを漂わせ、音を響かせていく。

●二十五歳・天沢聖司●

絶好の演奏日和だ。

聖司はチェロを手にしてアパートメントを出た。

いい天気だ。まだ風は冷たいが空は青く、空気は暖かい。太陽がキラキラとイタリアの町並みを輝かせていて、顔が自然にほころんでしまう。

ただ、もし今日が悪天候だとしても、聖司の心は弾んでいただろう。……雫から、エアメールが届いたのだ。


『DEAR　聖司くん、手紙ありがとう。

聖司くんのおかげで私はまた心の音を聞くことができました。

私も夢を諦めない。もう一度、物語を書こうと思います。

どれくらい時間がかかるかわからないけど、少しずつでも前に進んでいきます。

聖司くんが言ったように、夢は形を変えて育っていくのかもしれません。

今の私ができる精一杯の物語が、いつか誰かの心に届くことを願って、自分の心に正直に書き続けたいと思います。

そして、物語が完成したら、また、聖司くんに読んでもらえたら嬉しいです』

——雫が物語をまた書き始めた。

それがものすごく嬉しかった。頑張っている雫のことを想うと、聖司も頑張ろうと想える。雫の存在が聖司に力をくれる。

(俺の音楽も、誰かの心に届くことを願って)

アパートの前に椅子を出し、聖司はチェロを弾き始めた。何を弾くかは決めていない。楽譜を読み込み、優れた技術で演奏しようという意識もない。

ただこの日の気分で、弾きたいように。

思いつくまま、陽気な曲を奏でていると、不意にアコーディオンの音が加わった。顔を上げれば、隣の家に住んでいた男性が外に出てきている。今まで挨拶程度しかしたことのなかった人だが、彼はアコーディオンが弾けたのか。

驚きながらも、共に演奏を続けると、今度はアコースティックギターの音が絡んだ。タンバリンも、ハーモニカも。

聖司の演奏を聴き、我も我も、と近所の住人たちが顔を出す。楽器が弾ける者は楽器を、弾けない者は歌を、ダンスを、大道芸を。

自分のやりたいように、自由気ままに音楽を楽しんでいる。

小さな噴水のある道の端が即興の演奏会の会場になった。

（ああ、楽しいな）

心の中でチェロの音が響く。

美しい音色が。

——月日はあっという間に流れた。

ある夜のこと、静まりかえった地球屋の一階に動く影があった。

穏やかで、この場所を懐かしんでいるような気配。

カチ、と軽やかな音を立て、小さなライトがぽつんと灯る。明かりに照らされ、猫の男爵人形バロンの姿が浮かび上がった。

チカチカとその目が瞬いている。嬉しそうに、懐かしむように。

「影」はそっとその前に立ち……久しぶりに会った相棒と握手を交わすように、バロンの頭にそっと手を置いた。

——行こうか。

音にはならない「声」で彼はバロンに声をかける。

——大切な人を、迎えに。

● 二十五歳・月島雫 ●

その日、時計の針が午前三時を過ぎても、月島家の二階には明かりが灯っていた。

雫が黙々と机に向かっている。長時間座り続けたせいで凝り固まってしまった筋肉をストレッチでほぐしながらも、手は止めない。……止まらない。

『不思議な世界や、ゴイサギの翼、何でもわかる猫の図書館……。

バロンは全てを見てくれていた。

この道の先には、一体どんな未来が待っているのだろう。

碧は走り出さずにはいられなかった。

「本当に一人で大丈夫かい？」

そっとバロンが声をかける。碧は振り向いて、

「今までありがとう。ここからは一人で大丈夫。走り続けた先に、きっと答えが見つかる」――』

「できたぁ……っ！」

　机に向かい、最後の一字を書き終えた雫は大きく息を吐いた。原稿の束を手に、天井を仰ぐ。長距離マラソンを走り終えた時のように、ハァハァと息が切れた。

　原稿用紙を黒紐で綴《と》じ、大きく伸びをする。全身がまるで錆《さ》びたブリキの人形になってしまったようにギシギシと悲鳴を上げていた。

　……十代のようにはいかない。

　時計を見ると午前四時半を回っていた。今日が休日ということもあり、徹夜で執筆してしまったらしい。

「う〜ん……」

　ほてった頭を冷やすため、遮光カーテンを開けて外を見る。日の出にはもう少し時間があるようで、窓から見える夜景はまだキラキラと輝いていた。

　しばらくぼんやりと外を見ていた時、雫はふと家の前で動く影を見かけた。新聞配達員にしてはまだ早い。一体誰だと目を凝らし、雫は息を呑んだ。

「聖司くん⁉」

　一瞬、自分が中学時代に戻ってしまったような錯覚を起こした。十年前の春、こうして夜明け前に会いに来てくれた聖司の姿がフラッシュバックする。

　軽く手を挙げて答える聖司を見て、雫は慌てて外に飛び出した。

「なんで⁉」

「おはよう。奇跡だ。また会えた」

「……っ」

そのセリフで、聖司も十年前を思い出していたのだと雫もわかった。想いがあふれすぎて、一瞬何を言えばいいのかわからなくなる。

それでもなんとか冷静さを取り戻し、雫は聖司に尋ねた。

「おはよう……ってどうして。え、いつ日本に？　なんでこんな時間に」

「一緒に行こう」

「え？」

「中学ん時、約束したろ」

雫の肩に自分の着ていたコートをかけ、聖司が促す。

（約束……）

その言葉でぶわっと記憶がよみがえってきた。

今日と同じように夢中で物語を書き続け、気づけば四時半になっていた「あの日」。

外の空気を吸おうとして窓を開けた時、外に聖司がいることに気がついた。

『一緒に来いよ、見せたいものがあるんだ』

荷台に雫を載せ、聖司は自転車を漕ぎ始めた。落ちないよう、雫はぎゅっとその腰に腕を回した。

『そのためにわざわざ？　よくうちがわかったね』

『名簿で調べて……会いたいと思ったら、本当に会えた。これは運命だ！』

いつもクールな聖司が、あの時はとても興奮していた。弾む声から、彼の喜びが伝わってくる。

ぐんぐんと力強く自転車を漕ぐ彼の背中に摑まると、確かな鼓動が伝わってきた。力強く高鳴る鼓動を感じ、雫まで心臓がドキドキとうるさくなったことを覚えている。

見慣れた町並みを過ぎ、地球屋の近くを走り、杉宮の高台へ。

到着する頃、うっすらと空気が柔らかくほどけ、朝の気配が近いことを教えてくれた。

そこで共に朝霧に染まる街を見ながら、雫は聖司と小指を絡め合ったのだ。

『約束』

『約束』

ぎゅっと絡み合った小指の感触は今でもきちんと覚えている。

想いを伝えられ、想いを伝えた。

共に頑張ろうと誓い合い……同時にもう一つ、小さな約束も交わした。

『何年かかるかわからないけど、またここに来よう』

その日から、もう十年経った。

何かあるたびに雫はこの高台に一人で来ていた。朝日を眺めながら、繰り返し聖司との約束を思い出していた。

その記憶が今、ゆっくりと現実のものになっていく。

目の前にいるのは中学生の聖司ではない。これは何度も再生した「過去」ではなく、雫が初めて体験する「現実」だ。

そう思うと、目の前に立つ二十五歳の聖司の姿がくっきりと色鮮やかに輝いて見えた。

「やっと来れた」

「聖司くん……約束のためにわざわざ？」

言葉に詰まりそうになりながら、雫はやっとの思いでそう尋ねた。

手紙のやりとりは復活していたが、実際に顔を合わせるのは一月にぎこちなく別れた時以来だ。ずっとそれを気にしていて、忙しい合間を縫って会いに来てくれたのだろうか。

そんな風に聖司の負担になっていたら、と思うと、雫はひるむ。しかし聖司は首を横に振った。

「それもあるけど、俺の音楽に必要なことがわかったんだ」

「へぇ、そうなんだ？」

「俺、日本に帰ろうと思う。日本を拠点に、世界を目指そうかなって」

「……っ」

驚いて言葉をなくす雫に微笑み、聖司が空の向こうを見つめた。ゆっくりと朝日が昇り、二人を照らす。

キラキラ、チカチカと。

十年前と同じだ。あの時、きっと聖司はこれから向かうイタリアのことを考えて空を見ていた。

だが今は違う。うまく言えないが、聖司の心は「ここ」にある。

雫の隣に。

自分の帰る場所に。

「十年かかったけど、やっぱり俺には雫が必要なんだ」

「………………⁉」

「俺のそばにいてほしい。雫と一緒に新しい夢を育てたい」

聖司は雫に向き直り、大きく息を吸った。

胸の奥に抱き続けていた想いを全て、雫に伝えるように。

「月島雫、俺と結婚して下さい」

「――っ」

その言葉を聞いた瞬間、雫は大きく目を見開いた。

そうなったらいいなと思っていた。

それでいて、きっと実現しないと思っていた。

自分は夢を追うことに精一杯で、その夢もいつ叶うかわからない。こんな状態で聖司を頼れば、彼の負担になってしまう。彼の重荷になるようなことは決してしてはいけない、と自分に言い聞かせていた。

それでも、本当はずっと……ずっとそれを望んでいたのだ。

聖司と一緒にいたい。一緒に時間を分かち合い、支え合って生きていきたいと。

「……はい」

震える声で、それしか言えなかった。ただ、それでは十分じゃないと思い、急いで何度も頷く。

「はい……はい、はい！」

「愛してる」

「私も……」

そこで言葉が一度途切れた。

泣きそうになり、それ以上言えない気がした。

だが言わなくては。

目の前に本物の聖司がいるのだ。会いたくて、会いたくて……十年もの間、想い続けていた相手が。

「私も、愛してる」

――聖司だけを、十年間、ずっと。

ただ、ひたすら愛していたのだ。

そっと聖司に抱きしめられ、雫も彼の背に手を回した。ふわりと風が二人のそばを駆け抜け、何かをささやいた気がした。

耳をすまし、その音を聞く。

自分の心の声を聞けば、きっと大切なことに気づける。

明け方に完成させた物語、『耳をすませば』の通りに――。

本書は、映画「耳をすませば」（監督・脚本：平川雄一朗）をもとに、集英社文庫のために書き下ろされた作品です。

この物語はフィクションであり、実在の個人・団体・事件などとは一切関係ありません。

ＪＡＳＲＡＣ　出　２２０６８５５　２０１

本文デザイン／目﨑羽衣（テラエンジン）

集英社文庫　目録（日本文学）

集英社文庫　目録（日本文学）

集英社文庫　目録（日本文学）

集英社文庫

映画《えいが》ノベライズ　耳《みみ》をすませば

2022年9月25日　第1刷　　定価はカバーに表示してあります。

著　者　樹島千草《きじまちぐさ》

発行者　徳永　真

発行所　株式会社　集英社
東京都千代田区一ツ橋2-5-10　〒101-8050
電話　【編集部】03-3230-6095
【読者係】03-3230-6080
【販売部】03-3230-6393（書店専用）

印　刷　図書印刷株式会社

製　本　図書印刷株式会社

フォーマットデザイン　アリヤマデザインストア　　マークデザイン　居山浩二

ISBN978-4-08-744434-6 C0193